MAPPA DELLA FOSSA
FIUME ACHERONTE
CASA DI MARZAPANE
ANELLO DEI DEVASTATORI
MURA DELLA CITTÀ DI DITE
ANELLO DEI CHEATERS
ANELLO DEI LADRI
ANELLO DEGLI ASSASSINI
IL GUARDIANO

STEF & PHERE

ISBN 979-12-5957-079-6

Illustrazioni di Chiara Di Vivona

Layout di copertina: Andrea Balconi
Progetto grafico, interni e impaginazione: Bebung, Milano

Per essere informato sulle novità
del Gruppo editoriale Mauri Spagnol visita:
www.illibraio.it

Copyright © 2022 Adriano Salani Editore s.u.r.l.
Gruppo editoriale Mauri Spagnol
Milano

www.magazzinisalani.it

STEF & PHERE

IL GUARDIANO DEI MONDI

con Giulia Gubellini

ROMANZO

MAGAZZINI SALANI

Questo libro è per tutti voi consolini, che siete la nostra grande famiglia, non smetteremo mai di ringraziarvi per darci la possibilità di lavorare a dei progetti così entusiasmanti! Come sempre, abbiamo deciso di creare qualcosa di nuovo e particolare per sorprendervi ancora di più! Speriamo con tutto il cuore di esserci riusciti e che questo libro vi possa far appassionare ed emozionare, così come ci siamo appassionati noi nel creare questa nuova storia.

PROLOGO

IL GUARDIANO

Il Guardiano infestava la mente di Stef mentre il ragazzo precipitava nell'incoscienza. E come grossi scarafaggi affamati, i ricordi di quanto era successo nei mesi precedenti strisciarono fuori dalle loro tane e trasformarono i sogni in incubi brulicanti di ombre.

Siamo stati attaccati. Phere. Io.
Ancora e ancora. Dal Guardiano.
Ma, no... no, non cominciava così.

Nell'incubo catene lo afferravano per spingerlo avanti, in una dimensione di stelle priva di aria da respirare. Stelle. E colori. E suoni. Le domande fluttuavano veloci, in quel vortice senza inizio né fine. Quando era cominciato tutto? Quando gli eventi erano precipitati per poi andare ancora peggio? Doveva ricordare.

Un portale. Il primo.
Fatto di strani pezzi. Curiosi.
Pezzi da unire. Da ricollegare.

Nella prigione del dormiveglia Stef aggrottò la fronte, cercando di svegliarsi. Ma si sentiva leggero, quasi non avesse più il suo corpo, come se solo la sua mente fosse sopravvissuta al passaggio.

Siamo stati curiosi.
Abbiamo unito i pezzi.
Abbiamo attraversato il portale.
Siamo arrivati in un nuovo mondo.

Le immagini si sovrapposero, scontrandosi collassarono.
La sua mente era in balia del caos, divorata dagli scarafaggi. I rumori diventarono impossibili, il suo stomaco fece una capriola. Per un istante riuscì a sollevare le palpebre. Il suo corpo era sospeso nel vuoto e si stava muovendo nel nulla. Un impulso elettrico che attraversa una rete di cavi. Poi di nuovo una forza invisibile gli chiuse gli occhi e i ricordi tornarono. Uno dopo l'altro. Confusi. Disordinati.

Il mondo era abitato.
Il mondo era una prigione.
E intrappolava un essere spregevole.

Le labbra di Stef, nel sonno, si agitarono.
«Il Guardiano» mormorò.

Lo abbiamo svegliato. Noi. Phere. Io.
E il Guardiano è scappato dalla sua gabbia.
Ci ha seguito attraverso il portale.

Forse non voleva, ricordare. Ma doveva.

E ci ha attaccato.
Ancora e ancora.

In qualche modo lui e Phere erano riusciti a difendersi. A salvarsi dalla brutalità dei suoi agguati. E a ottenere qualcosa in cambio.

Indizi.
Indizi su dove trovarlo.
Indizi su come sconfiggerlo.

E improvvisamente la vide. Nel vortice di immagini e suoni riconobbe un oggetto, qualcosa di familiare e importante: una gemma.
Una gemma splendente con nove lati.
Nove scrigni per nove oggetti.

Un'insegna rossa: offline;
una torta;
una testa dallo sguardo distratto;
un blocco in mattoni;
una TNT;
un blocco invisibile;
un diamante;
una spada;
una catena.

Stef allungò la mano verso la gemma mentre le tenebre intorno a lui si diradavano e la sua mente riemergeva dall'incoscienza. Ora ricordava. I nove oggetti ottenuti dal Guardiano si erano fusi fra loro in una gemma che era servita ad aprire un secondo portale. Un portale di pietra grigia, circolare, attraverso il quale si vedevano stelle e pianeti, sciami di meteoriti e lontani buchi neri.

Un portale che conduceva dal Guardiano.

Una mano.
Una mano stretta alla mia.
Phere.

Non aveva attraversato il passaggio da solo. Non avrebbe potuto affrontare il Guardiano così. Lo avevano fatto insieme.

Phere. Io.

Per chiudere i conti, una volta per tutte.

Luce.

1

Stef scattò a sedere, improvvisamente sveglio.

Mentre dormiva aveva affondato le dita nel terreno e quando si portò la mano al viso, come un naufrago approdato su una spiaggia dopo aver perso ogni speranza, studiò i fili d'erba grigi che aveva stretto nel palmo. Sbatté le palpebre un paio di volte, come per scacciare gli ultimi strascichi del sonno e con lo sguardo cercò intorno a sé una risposta alle tante domande che gli trapanavano la testa.

Trovò solo alberi.

E Phere.

Sospirò, sollevato. La ragazza si stringeva le braccia al corpo per ripararsi dal freddo e nel vederlo finalmente cosciente gli sorrise, incerta. Si trovavano seduti in una piccola radura circondata da una selva oscura, le chiome che impedivano alla luce di arrivare fino al suolo. Una selva dai rami ritorti e neri come pece, di cespugli irti di spine, di suoni raspanti che facevano accapponare la pelle.

«Siamo… svegli, vero?» chiese Phere.

Stef annuì, anche se avrebbe preferito il contrario. Massaggiandosi le tempie raggiunse una pozza d'acqua piovana e si specchiò. Indossava la sua solita camicia bianca e la giacca blu con le spalline e i bottoni dorati. Pure i capelli erano blu. Phere, invece, portava la maglietta marrone abbinata ai pantaloncini corti tenuti su dalle bretelle di cuoio. Gli stivali di entrambi erano robusti e impermeabili.

«Siamo ancora dentro *Minecraft*» disse lui.

«Il Guardiano» aggiunse Phere, scostandosi una ciocca dei lunghi capelli rosa da davanti al viso. Il solo pensiero di quell'essere nascosto nella foresta le aveva arrossato le guance per la rabbia. «Inizio a ricordare… Siamo qui per lui. Per fermarlo. C'era…»

«Un portale!» esclamò Stef, tirandosi su. «Nove oggetti si sono fusi in una gemma e così abbiamo aperto un passaggio per il mondo dove si nasconde, e lo abbiamo attraversato!» Si guardò intorno, perplesso. Ricordava di aver visto pianeti e stelle, oltre il portale di pietra circolare. «E siamo arrivati qua. Ovunque sia qu…»

Uno schiocco venne da in mezzo agli alberi.

D'istinto Phere scattò in piedi e allungò le mani verso lo zainetto che portava sempre con sé, ma le dita afferrarono il vuoto. Stef volteggiò su se stesso alla ricerca del suo, l'espressione incredula.

«Non abbiamo più le armi» disse.

«Né il cibo o l'equipaggiamento» sussurrò Phere. Si era riparata alle spalle di Stef e studiava con sguardo vigile il sottobosco, cercando di individuare la fonte del rumore. «È stato il portale di pietra a rubarci tutto, sono pronta a scommetterci. Un altro degli infiniti poteri del Guardiano… Non sarà per niente facile, sconfiggerlo».

Il suono si ripeté, impossibile capire da dove provenisse.

Dopo alcuni minuti d'immobilità, Stef si azzardò ad avvicinarsi a un albero. La vegetazione intorno alla radura cresceva così fitta che dopo pochi passi l'oscurità diventava totale. I rami dei cespugli si intrecciavano fra loro in muri impenetrabili di spine.

«Mette i brividi» disse Phere. «È così… cupa».

Stef fece un altro passo avanti. «Non possiamo rimanere fermi qui per sempre. Il Guardiano ormai saprà che siamo entrati nel suo mondo, potrebbe attaccarci in ogni momento».

«Davvero incoraggiante» sbuffò Phere.

Stef le indicò un flebile raggio di sole che tagliava in diagonale il sottobosco. «Di là viene un po' di luce».

«Molto poca» ribatté Phere. «Molto, molto poca».

«Meglio di niente» disse Stef, cercando di apparire sicuro. **Qualcosa però in quella foresta metteva in allarme tutti i suoi sensi, quasi i rami dovessero allungarsi verso di loro e afferrarli, o i cespugli lanciare spine avvelenate.** Phere gli prese la mano.

«Insieme, ok?» mormorò.

«Insieme» ripeté lui.

Trattenendo il fiato, varcarono il limite degli alberi e subito una penombra densa e fredda calò loro addosso come un cappuccio, rendendoli quasi ciechi. Lo scricchiolio dei rami li avvolse, insieme al canto dei gufi e al raspare di unghie nel terreno. **Stef sentì ogni speranza farsi piccola nel suo petto, mentre al suo fianco Phere rabbrividiva.** Poi, a poco a poco, quell'unico raggio di luce obliqua riuscì a penetrare l'oscurità e gli occhi dei ragazzi si abituarono gradualmente al buio. I due si scambiarono uno sguardo di sollievo e a Phere venne da ridere.

«Ci siamo fatti suggestionare dalle tenebre» disse.

Ma la presa di Stef divenne d'un tratto più stretta. Phere seguì il suo sguardo e le parole successive le morirono sulle labbra.

Occhi. Due grandi occhi bianchi li stavano fissando.

Erano sbucati proprio davanti alla luce, diversi metri sopra le loro teste, tra le fronde nere degli alberi. Appartenevano a un muso dalla pelle dura e callosa dello stesso colore della terra, quasi invisibile nella penombra della selva. A tradirlo solo il lieve biancore delle zanne scheggiate e quello delle corna, ricoperte d'acciaio.

«U-un ravager» balbettò la ragazza.

Stef annuì piano, il sudore che gli colava lungo il collo. **I ravager erano creature di *Minecraft* a metà tra i rinoceronti e i tori, tra gli elefanti e i bisonti, in grado di distruggere un villaggio in pochi istanti.** E uno di loro adesso li stava puntando. Stef deglutì, la saliva amara.

«Nella foresta» riuscì a dire.

Poi la bestia li caricò. Stef tirò Phere verso di sé, scostandola dalla traiettoria della creatura, e l'attimo dopo un albero venne divelto dal terreno dalla forza bruta del ravager, che lo aveva centrato con le sue corna. Stef allora si buttò nelle viscere del bosco, il respiro affannato di Phere alle sue spalle e ancora più indietro quello furioso della bestia che tentava di farsi strada fra i tronchi. Quando il ragazzo si girò a controllare, con un piede si incastrò in una radice e volò in avanti. Invece di rovinare a terra, però, si trovò sospeso in aria.

Dietro di lui, Phere frenò in tempo.

«Sta' lontana!» urlò Stef, tentando di liberarsi.

Era finito imprigionato in un'enorme ragnatela, i fili viscidi e appiccicosi che partivano dai rami più alti per calarsi fino al suolo. Sopra la sua testa, un centinaio d'occhi si gustavano famelici la scena mentre lunghe chele nere e pelose si aprivano e serravano desiderose. Il ragno scese di qualche metro, senza fretta, sbavando.

«Scappa» tornò a urlare Stef.

Ma Phere restò immobile, gli occhi che si muovevano frenetici in cerca di qualcosa: un bastone, un sasso… Alle sue spalle le corna del ravager si abbatterono su un altro albero che piombò con un tonfo sordo a pochi metri da lei. Nascosto fra i rami della foresta, il ragno raccolse le lunghe zampe uncinate contro il petto, dal ventre gonfio e nero rilasciò un altro filo con cui calarsi verso la sua preda.

Poi Phere la vide: una pietra scheggiata fra il muschio.

Non sarebbe bastata a uccidere il ragno, ma a spezzare la sua ragnatela sì. O almeno così sperava. La raccolse e la calò con forza sui fili, aiutando Stef a sgusciare fuori dalla giacca rimasta imprigionata. Il ragno, presagendo la fuga della sua preda, emise un sibilo, le chele che vibravano furiose, e si preparò a raggiungerlo. Una grossa goccia di bava colò sulla spalla del ragazzo, che aveva ancora le gambe intrappolate da un unico filo. Phere iniziò a segarlo con la pietra.

«Più veloce!» le gridò Stef.

«Ci sto provando» disse lei a denti stretti. «È di gomma!»

Il filo cedette all'improvviso, facendo precipitare i due ragazzi al suolo proprio mentre il ragno allungava le zampe uncinate verso di loro. Anche il ravager caricò, finendo dritto nella ragnatela. Il ragno allora saltò addosso alla bestia, affondando le chele nella pelle dura e callosa, le corna che cercavano di liberarsi dai fili.

«Via! Via!» urlò Stef.

Lui e Phere si lanciarono di nuovo nella foresta, il ravager e il ragno intenti a combattere fra loro. Eppure qualcosa continuava a inseguirli. Fra gli alberi Stef intravide del pelo grigio e folto, un muso allungato che sfiorava i rami più alti, denti lunghi come coltelli.

Un ululato feroce fece tremare il terreno.

«Di qua!» gridò Phere, scattando verso destra.

Stef ebbe giusto il tempo di vedere gli occhi famelici della lupa che il sole lo accecò, costringendolo a ripararsi il viso con le mani. Al suo fianco poteva sentire il respiro affannato di Phere.

«S-siamo… f-fuori…» rantolò la ragazza.

Erano scappati dalla selva oscura, di nuovo sotto il cielo, e al di là del confine degli alberi, a pochi centimetri dai loro piedi, il terreno si spaccava in un dirupo, aprendosi in una voragine circolare talmente grande da far pensare al cratere lasciato da un meteorite o da una bomba dalla potenza devastante. Solo che quello non era il risultato di un evento catastrofico. Qualcuno o qualcosa di gigantesco doveva averlo creato, perché il terreno scendeva verso il basso formando degli enormi gradini, anelli concentrici che via via diventavano più piccoli restringendosi in un imbuto di cui non si vedeva la fine.

«La casa del Guardiano» mormorò Phere.

«L'abbiamo trovata» aggiunse Stef.

Erano proprio sull'orlo del suo precipizio.

Poi un ringhio alle loro spalle richiamò l'attenzione dei

ragazzi. Il ravager, il ragno e la lupa avevano raggiunto il limitare della foresta e li osservavano con occhi malvagi. Erano in trappola. D'istinto Stef si parò davanti a Phere, ma le tre bestie rimasero immobili.

«Perché non ci attaccano?» mormorò lei.

Stef strinse gli occhi. «Credo vogliano... che scendiamo».

Phere impallidì. Il crepaccio doveva essere alto almeno un centinaio di metri e banchi di nebbia grigia ne nascondevano il fondo, lasciando intravedere solo le punte di alberi secchi e privi di foglie.

«Non ci sono scale» osservò con un filo di voce.

«È questo che vuole il Guardiano» disse Stef, e non era mai stato così sicuro di qualcosa in vita sua. «È là sotto, che ci aspetta».

Come in risposta la lupa ringhiò, avanzando di un passo. Al suo fianco il ravager agitò le corna e il ragno scoccò le chele.

«Va bene» disse allora Phere.

Non si sarebbero arresi al primo ostacolo.

Stef afferrò la mano di Phere e i due si lasciarono cadere nel vuoto del precipizio, dentro alla voragine senza fondo del Guardiano.

2

Polvere e sabbia, ovunque.

Negli occhi, in bocca, dentro ai vestiti.

Phere si sollevò sui gomiti sbucciati, ancora stordita dalla caduta, la sensazione ruvida della terra sotto le palpebre. Era riuscita a frenare gran parte della discesa lungo il pendio con gli stivali, ma poi si era scontrata con una roccia e per tutto l'ultimo tratto era ruzzolata giù senza freni. Il mondo si era capovolto su se stesso e l'unica cosa che era riuscita a fare era stata proteggersi la testa con le braccia.

«Sei tutta intera?» le chiese Stef.

«Credo di sì, ma non…»

Troppo tardi: il ragazzo l'aveva già sollevata per aria e rimessa in piedi.

E Phere aveva sentito tutti i muscoli del corpo lamentarsi.

«G-grazie» mormorò a denti stretti, mentre ogni singolo osso cercava di ritornare al suo solito posto. Sollevò un dito e indicò il viso del ragazzo. «Ti sei ferito, sai?»

Stef annuì soprappensiero, il viso impolverato di bianco. **Un rivolo di sangue gli macchiava una tempia e senza pensarci il ragazzo se lo tamponò con una manica della giacca, la testa piegata all'insù per osservare il dirupo che si erano lasciati alle spalle.** Da lì sotto scorgeva a malapena le fronde della selva. Si riparò gli occhi dal sole per vedere meglio, ma delle tre bestie non c'era più traccia.

«Da qui non si risale» disse Phere, seguendo il suo sguardo e cercando di scrollarsi di dosso la sabbia bianca che le copriva i vestiti. E la pelle. E i capelli. Le era persino entrata dentro le tasche.

«Non siamo qui per *risalire*» ribatté secco Stef, abbassando piccato gli occhi azzurri su di lei. «**Siamo qui per fermare il Guardiano.** E per ora direi che ha lui il controllo della situazione, visto che in meno di dieci minuti siamo quasi stati sbranati da tre mostri ai suoi ordini e precipitati da un burrone! È un miracolo se siamo ancora vivi».

Phere si strinse nelle spalle alzando le mani al cielo in segno di resa. «Oook, non te la prendere. Voglio fermarlo quanto te ma... guardati intorno: siamo nel bel mezzo del nulla!»

E non aveva tutti i torti, a definirlo così.

«Polvere e sabbia» mormorò Stef.

Il primo anello della voragine a gradini si estendeva davanti a loro in una piatta distesa di terra bianca, assetata di pioggia da secoli, forse addirittura millenni. Qua e là spiccava contro il cielo qualche albero ritorto e rinsecchito, e solo in lontananza si intuiva la presenza di nuova vegetazione e ombra, in una sottilissima linea verde all'orizzonte, resa traballante dai miraggi del sole. Stef la indicò.

«Sono pronto a scommettere che oltrepassata quella c'è il confine di questo gradino ad anello e un nuovo precipizio» disse, avanzando di qualche passo, «e sotto un altro livello».

«E siamo sicuri di dover andare proprio di là? Ok che le tre bestie volevano che scendessimo, però...» Phere si leccò le labbra. Faceva caldo, e molto. «Il Guardiano potrebbe trovarsi da queste parti, no? Senza dover precipitare giù per un altro burrone, ecco».

«Può essere» ammise Stef, sbottonandosi il colletto della camicia e arrotolandosi le maniche. «Però non sembra così lontano».

Phere allora strabuzzò gli occhi. «Non ti sembra lontano?! Scherzi, vero?» Gli afferrò il capo fra le mani costringendolo a piegare il collo di qua e di là con l'espressione critica di un medico. «Sei sicuro che la botta in testa non ti abbia stordito? Sarà a ore di cam…»

Stef la scansò. «Arriva qualcuno».

Un ragazzo stava correndo nella loro direzione, sollevando dietro di sé una nuvola di polvere bianca. Pure lui ne era completamente ricoperto, come se fosse caduto in un sacco di farina, e l'interno rosso della bocca spalancata era l'unica cosa che si riusciva davvero a distinguere. E da quella bocca usciva un ululato ininterrotto che metteva i brividi. Sopra la testa, sventolava una spada arrugginita.

Stef e Phere si scambiarono uno sguardo, lasciando che l'istinto parlasse per loro. Se il Guardiano credeva che bastasse così poco per sbarazzarsi di loro, li stava decisamente sottovalutando. Combattevano insieme da abbastanza tempo da poter affrontare da soli e a mani nude un altro giocatore, anche se armato.

«Sei pronta?» chiese Stef.

Phere annuì, mettendosi in posizione di combattimento.

Il ragazzo con la spada era ormai a pochi metri da loro e il suo urlo si era fatto assordante. Si lanciò in avanti e poi… deviò bruscamente di lato, correndo in tutt'altra direzione. Stef e Phere furono investiti da una nuvola di polvere e lo videro allontanarsi.

«Se ne sta andando» disse Stef, quasi deluso.

Phere scosse la testa. «Lo hai visto bene? Sembrava pazzo».

Per un po' i due ragazzi rimasero in silenzio a osservare la strana apparizione urlante che si allontanava da loro, continuando a brandire al vento la sua spada. Sembrava un sogno. O un incubo.

«Meglio andare» disse alla fine Stef.

Phere annuì. «Verso il confine, che sarà mai…»

Il sole però splendeva impietoso, e dopo ore e ore di cammino non si era spostato di un centimetro dalla sua posizione di partenza. Stef sollevò lo sguardo verso l'alto, maledicendo lui e il Guardiano.

«È perennemente mezzogiorno» biascicò, la voce arida come quel deserto bianco. «E così caldo da fondere il cervello».

«Eccone un altro» gli disse Phere.

Ormai ne avevano incontrati a centinaia.

«Parlaci tu» mormorò Stef, le labbra crepate dalla sete.

Phere gli lanciò un'occhiataccia, sfinita quanto lui, ma si avvicinò lo stesso. Il giocatore se ne stava fermo impalato sotto un albero, il viso rivolto contro la corteccia come se fosse in punizione.

«Ehi, ciao» disse Phere, poco convinta.

Quello non rispose. Non lo facevano mai.

«Io sono Pherenike» continuò lei, «e tu sei...?»

Il ragazzo, coperto di polvere, si limitò a guardarla per un breve istante, gli occhi totalmente bianchi e inespressivi, poi tornò a studiare il suo albero. Phere gli si accostò di fianco per vederlo in volto.

«Ok, niente nomi» disse, strofinandosi il viso per asciugarsi il sudore e restare concentrata. **Sentiva che piano piano stava perdendo anche lei la poca lucidità che le restava.** «Almeno sai dirmi che posto è questo? O perché ti trovi qua? Il Guardiano. Sai dove si trova il Guardiano, o...» Sospirò. «Sto perdendo tempo, vero?»

Senza aspettare una risposta, Phere ritornò da Stef, che nel frattempo si era riparato alla poca ombra dell'albero rinsecchito.

«Sembra di stare in un manicomio» gli disse.

«Te l'ho detto, sono gusci vuoti» disse il ragazzo. «Come se i corpi e le menti fossero stati scollegati o qualcosa di simile».

«E presto toccherà pure a noi» aggiunse Phere.

«Non è il momento per...»

«Non sto scherzando» ribatté lei.

Stef annuì serio. Perché era vero. Provava esattamente la stessa cosa: come se il mondo iniziasse a sfumare ai lati, e ogni pensiero razionale iniziasse a dissolversi. Tanto che incominciava a trovare molto allettante l'idea di fermarsi lì all'ombra a fissare un tronco. Forse anche le loro iridi stavano sbiadendo nel bianco.

«Siamo quasi arrivati» si obbligò a dire.

Infatti la linea verde che avevano visto all'orizzonte non era più una linea, ma una fitta muraglia di mangrovie che piantavano le radici in un pantano melmoso. Stef si leccò le labbra.

«Andiamo» disse Phere, esausta.

Prima della palude, il terreno digradava verso il fondo di un canale prosciugato che seguiva la circonferenza dell'anello. I due ragazzi si lasciarono scivolare sul suolo arido e roccioso fino al punto più basso di quella pista circolare, piatta e battuta, ipnotizzati dalla frescura promessa dall'ombra delle mangrovie. Un passo dopo l'altro si trascinarono in avanti, ed erano in marcia da qualche minuto quando Stef si bloccò di colpo, le orecchie tese verso un rumore. Phere allora lo strattonò per una manica, indicandogli un punto in lontananza.

«Una tempesta di sabbia» disse, riparandosi gli occhi.

Una parete di rabbiosa polvere grigiastra si era formata all'improvviso, accompagnata da un ruggito costante, come di un tuono privato del suo fulmine. E si muoveva veloce nella loro direzione, seguendo il percorso del canale in secca in cui erano discesi.

Stef guardò il greto, poi la tempesta.

In mezzo al polverone, si delineavano delle sagome.

«Il canale...» mormorò alla fine, mentre al suo fianco Phere impallidiva, «non è stato creato da un fiume. È stato il calpestio continuo di... piedi. Centinaia di migliaia di piedi umani».

Ora infatti li vedeva, avvolti dalla tempesta.

Una moltitudine di giocatori correva nella stessa direzione, compatta come un branco di gnu che scappano da un leone. Erano loro ad aver scavato con il proprio passaggio quella pista di terra, percorrendo l'intera circonferenza dell'anello senza sosta, per anni.

Alcuni brandivano spade. Altri asce.

«Finiremo travolti» disse Phere. «Corri!»

I due ragazzi si fiondarono di nuovo verso l'argine di sabbia da cui erano discesi. Phere affondò fin quasi al ginocchio e scivolò in avanti. Con le braccia cercò allora di liberarsi, ma finì solo per essere risucchiata fino alle spalle, il viso a pochi centimetri dal suolo. Stef, che era rimasto indietro, la tirò fuori sbuffando.

«Verso la palude» disse, il fiato corto.

Il tempo sembrava essersi fermato. Mentre attraversavano il canale di terra battuta l'orda di giocatori avanzava verso di loro diventando sempre più vicina. Il rumore ormai era assordante e i ragazzi faticavano a sentire il battito del loro stesso cuore.

«Non ce la faremo mai» urlò Phere.

E aveva ragione: la palude era troppo lontana.

Allora Stef si girò di colpo, avvolgendola fra le braccia, sperando che il suo corpo bastasse a proteggerla. Ormai riusciva a distinguere i lineamenti dei giocatori, le iridi bianche e inespressive, e le bocche, alcune aperte in urla terribili, altre assolutamente piatte.

«Non può finire così» mormorò fra sé.

Phere si strinse contro il suo petto e Stef stava per chiudere gli occhi quando un movimento attirò il suo sguardo. Una sagoma si era parata fra loro e l'orda. Un logoro mantello rosso la nascondeva dalla testa ai piedi, lasciando scoperto solo uno zaino infangato. E in mano… Stef deglutì, mentre la figura lanciava il piccolo oggetto, che atterrò poco davanti alla massa di giocatori armati.

Ed esplose con un lampo di luce accecante.

Stef e Phere si ripararono il viso con le braccia e quando tornarono a vederci, il panorama era decisamente cambiato. L'orda stava svolazzando a mezz'aria, i giocatori che volteggiavano nel cielo senza meta, continuando imperterriti a correre nel vuoto o a brandire le armi contro le nuvole.

«Una bomba levitante» balbettò Phere.

«Grazie» disse Stef, rivolto alla figura incappucciata.

«Mi siete appena costati una fortuna» borbottò quella in risposta, sistemandosi lo zaino in spalla con un sospiro, «e ora, se non vi dispiace, ho parecchia strada da fare e la Fossa non aspetta».

«La Fossa» ripeté Stef, sgranando gli occhi.

«È così che si chiama questo posto?» chiese Phere.

La sagoma incappucciata, però, si era già incamminata a passo svelto verso le mangrovie e la palude, lasciandoli di nuovo da soli. «L'effetto della bomba non durerà ancora a lungo» urlò, senza girarsi a guardarli. «Vi conviene andarvene, ovunque siate diretti».

Stef e Phere si scambiarono un'occhiata.

Poi gli corsero dietro.

3

«Non intendevo suggerirvi di seguire me!»

«Dicci almeno come ti chiami» insistette Phere.

Il loro salvatore roteò gli occhi al cielo. Il cappuccio gli era scivolato giù dal viso quando era caduto in una pozza particolarmente profonda della palude. Strisce di fango grigiastro gli macchiavano l'incarnato scuro e i capelli, neri e ricci, erano sudaticci e sporchi. Gli occhi verdi, però, risplendevano come schegge di smeraldo.

«Vyr!» sbuffò alla fine il ragazzo, ansimante. «Mi chiamo Vyr, va bene? Ora volete lasciarmi in pace? Non avete altro da fare?»

«Mi piacerebbe» borbottò Stef, «davvero».

Il terreno melmoso della palude li risucchiava fino a metà del polpaccio e a ogni passo cercava di sfilar loro gli stivali. Le mangrovie crescevano fitte lungo gli argini in un groviglio di radici che sbucavano dall'acqua in grossi nidi. Lunghe liane verdi e viscide scendevano dai rami, e più di una volta i ragazzi avevano dovuto lottare per liberarsene. Phere si aggrappò a Stef per superare un tronco.

«Tu dicci quello che sai e noi ti lasciamo in pace» riattaccò, quando ebbero raggiunto un isolotto un po' più solido. «E poi, sai, secondo me senza mantello ti muoveresti meglio, nel fango».

Stef fulminò la compagna con un'occhiataccia.

Vyr strinse le labbra. «Se state cercando di derubarmi...»

Stavolta però fu la ragazza a sbuffare platealmente. «Per l'ennesima volta: no! Non vogliamo il tuo zaino, né le tue armi... ma mi piacerebbe proprio capire come te li sei portati fin qui, visto che il portale per questo dannato mondo ti toglie tutto!»

«Be', *io* non sono entrato da lì. E quando dici 'dannato'... è esattamente lo scopo della Fossa: dannarci. Tutti quanti».

«Che cosa vuol dire?» chiese Stef, sorpreso.

Vyr lo ignorò, cercando di ripulirsi il viso con il mantello. Phere osservò con una smorfia il suo riflesso nell'acqua torbida. Lei e Stef non erano messi tanto meglio, ricoperti di fango com'erano.

«Intendo» disse Vyr alla fine, riprendendo ad arrancare nella palude, «che il Guardiano ha creato la Fossa – l'*enorme* voragine a imbuto ai confini con la foresta di sopra, proprio quella –, ecco l'ha creata come un inferno in cui rinchiudere tutti i giocatori che rapisce da *Minecraft*. E voi, per un motivo a me assolutamente ignoto, avete deciso di saltarci dentro di vostra spontanea volontà. Ottima scelta».

«Vogliamo fermarlo» rispose d'istinto Stef.

«Il Guardiano» precisò Phere, decisa.

Vyr si bloccò di colpo, passando lo sguardo dall'uno all'altra, poi scoppiò a ridere. Una lunga risata che lo ridusse in lacrime.

«È così» ribatté secco Stef. «E dovresti aiutarci».

«Assolutamente no» disse Vyr, tornando serio. «Vi ho già salvato e siamo solo al primo anello della Fossa, quello degli Indecisi, e credetemi, qui è facile. I giocatori sono tutta gente che ha abbandonato *Minecraft* per altri giochi, lasciandosi dietro i propri gusci».

«L'avevo detto!» esclamò Stef.

Vyr continuò: «E così il Guardiano li ha condannati a ripetere all'infinito le loro ultime azioni. Non so nemmeno se si può definire una punizione vera e propria. Nei prossimi anelli non sopravvivreste più di mezzo secondo. E io non sono qui per fare da baby-sitter».

Erano arrivati a un bivio, due sentieri fra i tronchi annodati delle mangrovie. Un palo di legno se ne stava nel mezzo, la freccia segnaletica piantata nel fango ai suoi piedi. Stef si chinò a raccoglierla.

«Porto per l'Acheronte» lesse.

«Mmm…» disse Vyr, «immagino di là. Ma cosa…»

Il ragazzo abbassò di scatto lo sguardo verso le sue stesse gambe e il secondo dopo fu risucchiato dentro il fango. Phere si lanciò subito in avanti, tuffando le braccia nella melma per afferrarlo mentre Stef agguantava il palo di legno e con un colpo lo sfilava dal pantano.

La punta, anche se marcia, era affilata.

«Aiuto!» urlò Vyr rispuntando con la testa dal fango.

Phere si fiondò da lui, sollevando le ginocchia più che poteva per correre nella melma, e lo cinse sotto le ascelle, cercando un punto nel fondo fangoso della palude dove puntare i piedi. Poco oltre, Stef studiava la superficie ribollente della palude, impugnando la lancia.

«Mi ha preso la caviglia!» urlò Vyr. «La caviglia!»

Stef calò l'asta nel fango e un sibilo furente si levò dal basso. Una massa verde, gelatinosa e informe, schizzò fuori dall'acqua paludosa e saettò in avanti, contro Stef. Senza esitare il ragazzo la colpì con un fendente verticale che la passò da parte a parte, rompendola in quattro pezzi. Ognuno prese a saltellare e in un attimo li assalì.

«È uno slime!» gridò Phere, mollando Vyr per calciare lontano da sé uno dei pezzi, che finì per disintegrarsi contro un tronco.

Stef né infilzò un altro e poi un secondo, al volo, mentre Phere si occupava dell'ultimo schiacciandolo con una grossa pietra. Nella palude tornò il silenzio, interrotto solo dai respiri affannosi dei ragazzi e dai rantoli acquosi di Vyr, che aggrappato a una radice cercava disperatamente di riprendere fiato, gli occhi iniettati di sangue.

«Baby-sitter, eh?» gli disse Stef.

«E così siamo pari» disse Phere, incrociando le braccia.

«Gli slime… sono facili… da sconfiggere» ribatté Vyr, immusonito. «Se non mi aveste distratto… con le vostre chiacchiere…»

«Come no» ribatté Stef, allungando una

mano verso il ragazzo per aiutarlo ad alzarsi. Vyr, dopo un attimo di esitazione, la prese.

«Allora ci aiuterai?» chiese Phere, speranzosa.

Vyr lasciò andare la mano di Stef. «Assolutamente no».

E per la seconda volta in quella giornata i ragazzi lo osservarono allontanarsi a passo deciso, stavolta verso uno dei due sentieri fangosi della palude. Dopo pochi metri, però, Vyr si fermò. Stef e Phere lo sentirono sospirare, prima di girarsi di nuovo verso di loro.

«Secondo le mie fonti» disse, schiarendosi la voce, «il vostro Guardiano si trova proprio sul fondo della voragine. Per raggiungerlo bisogna quindi scendere per tutti e otto gli anelli della Fossa. Per cui, almeno per un po', possiamo condividere la strada...»

Stef e Phere si scambiarono un sorriso.

«... ma non le armi!» concluse Vyr.

«Ti abbiamo appena salvato la vita» bofonchiò Phere.

«E io vi guiderò fino al prossimo anello» ribatté lui, tornando ad affrontare il pantano, l'orlo del mantello sporco e immerso nel fango, «l'Acheronte è proprio qua dietro, datevi una mossa!»

Stef sbuffò, rivolto a Phere. «Che dici?»

«Che non abbiamo molte altre possibilità».

Lungo il sentiero, il paesaggio cominciò a cambiare: l'acqua della palude divenne meno limacciosa, ma più scura e impenetrabile, e la corrente che lambiva loro le gambe più forte. Presto i ragazzi furono costretti ad arrampicarsi sugli argini fangosi di un vero e proprio ruscello. Infine, come una tenda che si spalanca, attraversarono le ultime mangrovie ritrovandosi su una spiaggia tetra e argillosa.

Phere si bloccò di colpo, senza parole.

«Un lago... bucato» disse Stef, ammirato.

Davanti a loro, la palude lasciava il posto a una distesa d'acqua scura e minacciosa, che proseguiva il suo corso lungo tutto il confine esterno dell'anello, precipitando infine nel famelico foro centrale della Fossa. E il vuoto era più grande di un mare o di un oceano.

«Da questa parte» li richiamò Vyr, già lontano.

Aveva raggiunto una banchina di legno bianchissimo, che dalla spiaggia si avventurava sulle acque irrequiete dell'Acheronte. In fondo, era ormeggiata una barca. Appena si furono avvicinati, un bambino seduto al suo interno saltò in piedi, tirandosi su i pantaloni di tela marrone e sistemandosi una camiciola azzurra a maniche corte chiusa con dello spago. Una voglia a forma di luna gli solcava una guancia.

«Caronte» si presentò, facendo svolazzare un cappello sudicio che gli era apparso d'un tratto fra le mani. «Al vostro servizio!»

«Sei un giocatore?» gli chiese subito Stef.

Il bambino si schiacciò in testa il cappello con un sorriso. «Fortunatamente per voi, proprio no. Sono parte di questo mondo. Codice di gioco, direbbero alcuni. Intelligenza artificiale, altri. Studiato e creato dal Guardiano per assolvere a un preciso compito».

«E sarebbe?» chiese Phere stringendo gli occhi.

Caronte indicò la barchetta sgangherata alle sue spalle. «Traghettare i giocatori che lo desiderano nell'anello successivo».

La ragazza si illuminò. «È quello che vogliamo!»

«Alt! Alt! Alt! Non è così che funziona però» la interruppe Caronte, passando lo sguardo da lei a Stef e a Vyr. «Prima vi devo mettere in guardia. Fa parte del mio compito. O così o niente».

«Allora mettici in guardia» disse Stef.

Caronte gonfiò il petto e si schiarì la voce. «Io, Caronte, Supremo Custode dei Passaggi e delle Porte, qui oggi vi avverto: quello che state per affrontare è un viaggio negli abissi più profondi, e più vi calerete nell'oscurità della Fossa, più incontrerete prove terribili e difficili da affrontare. È davvero questo ciò che volete?»

«Che carino» mormorò Phere.

«Supremo Custode dei Passaggi» lo canzonò Stef.

«Devi lavorare un po' sull'intonazione» aggiunse Vyr.

«Ehi! Non mi capita spesso di ripeterlo» protestò Caronte, «e comunque finché non mi rispondete di sì la zattera non parte!»

«Sì» si affrettò a dire Phere.

«Sì, certo» aggiunse Stef.

«Ok… cioè sì» concluse Vyr.

Caronte sorrise soddisfatto e si fece da parte, indicando ai ragazzi di salire a bordo. «Allora leviamo l'ancora!»

I tre si scambiarono uno sguardo preoccupato: la barchetta, infatti, era poco più di una vecchia zattera, la vernice verde scrostata e sul fondo diversi centimetri d'acqua scura dell'Acheronte.

«Prima le signore» concluse Vyr.

Phere alzò gli occhi al cielo e scavalcò il parapetto. Mentre prendeva posto su una delle panche, il legno scricchiolò ma resse il suo peso. Più

convinti, i due ragazzi la seguirono e appena Caronte si fu accomodato vicino a una lunga leva a poppa, l'imbarcazione prese la corrente senza bisogno di slegare cime o dare colpi di remi.

«Reggetevi» disse Caronte, sorridente. I ragazzi si aggrapparono d'istinto al legno scrostato, mentre con un sussulto la barca accelerava beccheggiando. Stavano seguendo il corso dell'Acheronte lungo l'anello, le acque che schizzavano contro le rocce affioranti e improvvisamente si increspavano di onde, spingendoli sempre di più verso la voragine centrale della Fossa.

La cascata al suo interno ruggiva furibonda.

Per poco uno scossone non ribaltò Stef, e Vyr lo afferrò l'istante prima che finisse nelle acque scure. La zattera s'inclinò e oscillò tuffandosi nelle correnti, ormai chiaramente priva di controllo.

«Fa' qualcosa!» urlò Phere a Caronte. «Pilota!»

Il bambino alzò le mani. «Non c'è un timone».

«E quella?» chiese Stef indicando la leva al suo fianco.

«Questa» gridò Caronte, chinandosi in avanti per sovrastare il frastuono dell'acqua, «serve per quando salterete. Io più avanti non posso seguirvi, ma dopo la cascata dovete tirarla, d'accordo?»

I tre ragazzi lo osservarono ammutoliti.

Ormai avevano raggiunto l'orlo della caduta.

«È importante o finirete per morire!» aggiunse.

L'attimo dopo l'intelligenza artificiale era scomparsa, lasciando i tre ragazzi fradici e pallidi a fissare terrorizzati la leva a poppa della zattera. Poi, con uno scossone, la corrente sparò l'imbarcazione al di là dell'orizzonte, oltre la solidità della superficie dell'Acheronte. Sotto di loro, il vuoto, gli schizzi furenti della cascata e un'immagine vaga di alberi, rocce e prati. Molto lontani. Decisamente troppo.

L'anello successivo della Fossa era pronto a divorarli.

I tre afferrarono la leva all'unisono e la tirarono.

4

Una ragnatela di corde si srotolò sopra le loro teste, mentre un paracadute argentato si spalancava con uno schiocco, frenando bruscamente il volo in picchiata della zattera. Per un istante i tre ragazzi, ancora aggrappati alla leva, ebbero il tempo di restare a bocca aperta, poi la tela si stracciò e si ritrovarono non solo a precipitare, ma a farlo al buio, visto che un pezzo di stoffa era caduto loro addosso.

I tre si strinsero l'uno all'altro solcando l'aria.

Poi l'impatto con il terreno li sbalzò via.

Stef si accasciò con le braccia strette intorno alla testa e il cuore che gli saltava nel petto. Dopo una caduta di quel tipo, come minimo avrebbe dovuto essere morto. Eppure non sentiva alcun dolore.

«Brutto segno» mormorò fra sé.

Si azzardò ad aprire un occhio, poi l'altro. Con cautela si sollevò prima a sedere e poi in piedi, tastandosi le braccia, il torso, le gambe, sempre più incredulo: non si era fatto niente. Niente di niente. Non poteva crederci. E infatti stava per ricominciare da capo quando Phere gli saltò al collo, stringendolo più forte che poteva.

«Soffoco» bofonchiò lui, rosso in viso.

La ragazza si scansò sorridente. «Ci siamo riusciti!»

«È merito dell'erba» disse Vyr, sbucando da dentro il cespuglio in cui era precipitato, gli occhi sgranati. «È stato come se la terra si fosse ritirata intorno alla zattera, tipo un tappeto elastico, e poi ci avesse risputato fuori. Ma con delicatezza! E… ha senso?»

Stef si strinse nelle spalle. «Può essere».

«Non mi meraviglio più di nulla» disse Phere.

Dopo aver attraversato l'arida distesa di sabbia grigiastra del primo anello, potevano benissimo essere atterrati su un altro pianeta. Vista dal basso, la cascata dell'Acheronte creava una muraglia d'acqua alta almeno duecento metri, che proseguiva in entrambe le direzioni per tutta la circonferenza dell'anello. Il frastuono dell'acqua però si era ridotto a un melodioso fruscio e gli schizzi a una piacevole nebbiolina. Ai piedi della cascata si estendeva un lago cristallino circondato da un prato dall'erba perfetta e freschissima, un vero e proprio letto che invogliava a sdraiarsi e a dormire beati. Scavata nella parete di roccia e per metà sommersa dalle acque, una scaletta di pietra risaliva verso l'alto. Alle spalle dei ragazzi, un serafico bosco di betulle.

«Ogni anello deve avere un suo preciso ambiente» osservò molto poco romanticamente Stef. «Qui è più fresco e il sole sta finalmente tramontando, e questo può significare solamente una cosa...»

Vyr annuì serio. «Oscurità. Mostri».

Una risata li fece sobbalzare. Phere si era tuffata con tutti i vestiti dentro al lago, sfregandosi i capelli e il viso sporchi della sabbia grigiastra, del fango della palude e dell'acqua dell'Acheronte. Ancora sghignazzando schizzò i ragazzi. «Forza! Che aspettate?»

Stef esitò, poi si decise. «Ma sì, perché no».

Ben presto i tre si ritrovarono sdraiati sull'erba ad asciugarsi agli ultimi raggi dorati del sole, finalmente puliti e rinfrescati.

«Questo posto è fantastico» disse Phere, sospirando.

«Ma è opera del Guardiano» le rispose Stef, sollevandosi a sedere, la fronte aggrottata. «Non abbasserei troppo la guardia».

«*Io* starei proprio con gli occhi ben aperti» mugugnò Vyr, che si era messo a ricucire il mantello con un ago e un rocchetto di filo presi dal suo zaino. «Ve l'ho detto, presto verrà buio e...»

«Oscurità» gli fece il verso Phere. «Mostri».

Il ragazzo le lanciò un'occhiataccia. «Esatto».

«Sarà meglio accendere un fuoco» annuì Stef, studiando il bosco di betulle alle loro spalle, dove avrebbero trovato di certo legna in abbondanza per un bel falò. Poi il suo stomaco gorgogliò sonoramente. «E procurarsi anche qualcosa da mangiare».

Phere osservò gli alberi. «Sembra sicuro».

«Se vogliamo raggiungere il confine interno di questo anello» aggiunse Vyr, approssimandosi al limitare del bosco, «questa è comunque la direzione da prendere. O preferite aspettare la mattina?»

Stef e Phere si scambiarono un cenno e lo precedettero.

Il sottobosco era pervaso da una gradevole luce dorata e

le chiome delle betulle sembravano cantare, i tronchi che oscillavano leggermente alla brezza serale. Il terreno era morbido e coperto d'erba, privo di sassi, e trovarono legna secca e pronta da ardere deposta ai piedi degli alberi, insieme a mele, patate, carote, ma anche cespugli dalle lucide bacche viola dall'aspetto davvero succoso e invitante.

«Questo anello sembra un tutorial di gioco» disse Phere, chinandosi a raccoglierne una. «È tutto facile, a portata di mano».

«Il paradiso dei golosi» aggiunse Stef.

Un maialino uscì grufolando da dietro un albero, per niente intimorito dalla loro presenza. Nello stesso istante Vyr allungò la mano verso il suo zaino. Stef e Phere non sapevano quanto equipaggiamento contenesse, ma il ragazzo ne estrasse prontamente una balestra.

Non una balestra qualsiasi, però.

Stef sgranò gli occhi e stava per chiedergli come si fosse procurato quell'arma speciale quando Phere saltò sulla linea di tiro.

«Non farlo!» gridò.

Vyr strinse le labbra. «È la cena».

«Abbiamo abbastanza cibo per poter evitare la caccia» ribatté secca lei, mostrandogli la maglietta ricolma di frutta.

«Stef?»

«Be', un po' di carne non guast...»

«Stef!» lo rimproverò lei.

Il ragazzo sollevò le mani al cielo. «Ok, ok, niente carne».

Un rumore interruppe la discussione e Vyr puntò la balestra in quella direzione. Un cespuglio fu scosso da un fremito. Il suono si ripeté, molto più vicino. Poi una testolina grigia sbucò dalle foglie.

Phere sgranò gli occhi e Stef scoppiò a ridere.

«Oh tesoro!» esclamò lei. «Ma quanto sei carino?»

Il cucciolo di pitbull la studiò mostrando la linguetta rosa. La ragazza si inginocchiò sull'erba e allungò le braccia verso di lui, incoraggiandolo ad avvicinarsi. In risposta il cagnolino guardò nel cespuglio, prima alla sua destra, poi a sinistra. Le foglie si mossero di nuovo e altre due testoline grigie e pelose fecero capolino.

Lo sguardo di Phere si illuminò. «Ma siete tre!»

Vyr sbuffò. «E speriamo si fermino qua...»

«Puoi anche abbassare la balestra, ora» gli disse Stef.

I cagnolini starnutirono all'unisono.

«Forza, dai» provò ancora Phere, «venit...»

Le parole le morirono in gola mentre i tre cuccioletti sbucavano dal cespuglio. Avevano tutti il pelo dello stesso colore perlaceo, ma il primo aveva gli occhi verdi, il secondo azzurri e il terzo ambrati. E dopo il collo condividevano lo stesso unico corpicino.

«Un cane a tre teste» balbettò Vyr.

Il cagnolino trotterellò contento fino a Phere, le annusò le dita e sfregò una delle teste contro la sua mano. Le altre due la osservavano indecise, ma appena la ragazza le grattò in mezzo alle orecchie, qualsiasi diffidenza scomparve e il cagnolino si ribaltò a gambe all'aria per farsi accarezzare la pancia.

«Che amore!» ridacchiò Phere. «Ti chiamerò Cerbero».

Stef per poco non soffocò nel suo stesso respiro. «Lo sai che non possiamo tenerlo, vero? Il posto in cui stiamo andando non è fatto per animaletti teneri e carini».

«Lo so, lo so, però...» Phere piazzò gli occhi in quelli di Stef, lo sguardo lucido. «Almeno per stasera potrebbe restare con noi...»

Stef stava per rispondere di no, ma si ritrovò il cagnolino fra le gambe, che si strusciava contro le sue caviglie guaendo piano.

«Oh... e va bene! Ma solo per stasera!»

«Cuore tenero» lo rimbrottò Vyr.

Ma ormai era deciso e Phere raccolse il cagnolino fra le braccia, lasciando che le tre linguette le leccassero il viso. Insieme si avventurarono più indentro al bosco, fino a una graziosa radura coperta di fiori azzurri e attraversata da un tronco caduto. Lì accatastarono la legna e Vyr accese un bel fuocherello con un accendino preso dallo zaino. Il sole ormai era tramontato, ma non faceva freddo e una luna piena e tonda illuminava lo spiazzo con la sua luce argentea.

Lo stomaco di Stef brontolò ancora, e stavolta quelli di

Phere e di Vyr risposero in coro. La frutta venne disposta su delle grandi foglie verdi, da usare come piatti, e Cerbero si accucciò fra di loro.

«Buon appetito!» esclamarono a turno i ragazzi.

Le bacche erano succose e dolci, e i tre ne mangiarono deliziati fino a sazietà. Ogni tanto un maialino o una gallina sbucava dai cespugli intorno alla radura per vedere cosa stesse succedendo, e ridacchiando Phere lanciava loro le bucce e i semi avanzati.

«Sei troppo buona per questo posto» le disse Vyr.

Phere scrollò le spalle, mangiucchiando una mela. «Anche tu. In fin dei conti ci hai salvato, nell'anello degli Indecisi. E ancora non ci hai detto il motivo per cui ti trovi qui...»

«E come fai a sapere tutto quello che sai» aggiunse Stef.

Vyr sbuffò e rimase in silenzio a fissare il fuoco. I ragazzi avevano ormai rinunciato a ottenere una risposta quando si decise a parlare.

«Trix» mormorò, schiarendosi la voce, le guance che d'un tratto diventavano rosse. «È lei che sa tutto, non io. Una nabba pazzesca. *Davvero* imbarazzante. Eppure ha questa fissa di voler scoprire tutti i segreti di *Minecraft*... di diventare la 'Massima Esperta' del gioco. La prendo sempre in giro per questo, ma è una specie di Wiki Fandom vivente. Ed è divertente, e intelligente e...» si bloccò di colpo, ancora più rosso. «Però poi come giocatrice, ecco, fa pena».

«E lei ha scoperto della Fossa?» chiese Stef, incuriosito.

Lui e Phere, nonostante fossero giocatori esperti, avevano trovato solo la porta d'accesso di quel mondo, il salto era stato al buio.

Vyr annuì lentamente. «Quando ci si mette, non la ferma nessuno. Tranne il Guardiano. L'ha attaccata e lei, be', è sparita».

«Oh» fece Phere, rabbuiandosi, «mi dispiace».

Persino Cerbero si appoggiò alle gambe del ragazzo.

«Per questo mi trovo qui» disse Vyr deciso, accarezzando il cagnolino fra le morbide orecchie grigie. «Credo che Trix sia finita in uno degli anelli della Fossa e voglio riportarla indietro».

«Ti aiuteremo» disse subito Stef.

Vyr però scosse la testa, negli occhi verdi il riflesso delle fiamme del falò. «Voi dovete sconfiggere il Guardiano. Per tutti quanti» ribatté, poi si girò su un fianco, avvolgendosi nel logoro mantello rosso. «Ora meglio dormire un po', la discesa è ancora lunga».

«Buonanotte, allora» replicò Phere sdraiandosi vicino al

fuoco, Cerbero raggomitolato fra le braccia in un intreccio di testoline.

Stef invece riattizzò le fiamme con un bastoncino. «Io faccio il primo turno di guardia» disse, reprimendo a fatica uno sbadiglio da slogarsi la mascella, «vi sveglio fra qualche ora, per il...»

Lasciò cadere la frase, scuotendo la testa. Vyr e Phere si erano già addormentati. E Stef lottò per non chiudere a sua volta gli occhi, ma la brezza del bosco gli accarezzava dolcemente i capelli blu e non era mai stato tanto stanco in vita sua come dopo quella giornata.

Phere lo svegliò con uno scossone.

«Cosa...?» balbettò, intontito dal sonno.

«Cerbero» disse lei, la voce acuta. «È sparito».

Dalle profondità del bosco, venne un guaito spaventato.

5

Era peggio. Molto peggio.

Avevano seguito i guaiti pronti ad affrontare un nuovo ravager o un'altra creatura ostile di *Minecraft*. Invece, quello che li aspettava, nascosto nel boschetto di betulle, era un incubo peggiore.

Phere si bloccò di colpo, nauseata.

Un giocatore aveva agguantato Cerbero per una zampa e lo aveva sollevato in alto, scuotendolo con violenza nel tentativo di stordirlo. Spalancata sotto il cagnolino, la bocca del ragazzo era una fenditura rossa che gli tagliava il viso da un orecchio all'altro, munita di una doppia fila di denti simili a quelli di uno squalo.

«Dammi la balestra» urlò Phere a Vyr.

Il ragazzo, però, le lanciò un'occhiata perplessa e scosse la testa. Al suo fianco, Stef tornò a sparire nei cespugli, lasciandoli soli.

«Allora aiutalo tu!» esclamò Phere. «Dobbiamo...»

«Cerbero non è reale» rispose lui, incrociando le braccia al petto. «Non è un *vero* cane. Non spreco le frecce per...»

Phere lo afferrò per il mantello, strattonandolo verso di sé, il viso a un centimetro dal suo. «Aiutalo» ripeté, la voce che non ammetteva repliche. «Aiutalo o qualcuno dovrà salvare te, da me!»

«Va bene, va bene» bofonchiò lui, liberandosi dalla presa e risistemandosi il mantello. Sfilò di nuovo la balestra dallo zaino e la puntò contro il giocatore. «Lascia libero il cane» urlò.

Quello non li degnò nemmeno di uno sguardo.

«Ehi! Mi hai sentito?» riprovò Vyr. «Lascialo!»

Cerbero si dimenava, ormai a poca distanza dalle fauci spalancate del giocatore, lanciando guaiti che straziavano il cuore. Non potevano aspettare oltre se volevano salvarlo e Phere stava per lanciarsi all'attacco quando Stef sbucò dai cespugli. Il ragazzo teneva per una zampa un maialino, che se ne stava a testa in giù senza ribellarsi.

«Qua! Guarda qua!» disse Stef, avvicinandosi al giocatore. «Guarda che ti ho portato! Questo è molto più buono...»

Phere impallidì. «Cosa...»

«Facciamo cambio!» insistette Stef, ignorandola.

Ora era a pochi passi dal giocatore, che alla fine aveva spostato la sua attenzione su di lui. Con le fauci ancora spalancate, osservò prima Cerbero, che si agitava disperato, poi il tenero e docile maialino.

Stef si avvicinò un altro po', allungandogli la preda.

«Forza, è davvero buono» mormorò.

Il giocatore esitò, poi con un gesto fulmineo scaraventò Cerbero contro Phere e strappò dalle mani di Stef il maialino, che sparì nella sua enorme bocca deforme. La mascella cominciò frenetica a fare su e giù, in un rivoltante rumore di ossa che si sbriciolavano.

Stef sentì lo stomaco fare una capriola e la cena risalire.

«Adesso vomito» disse Vyr, abbassando l'arma.

Phere, al suo fianco, era impallidita. Cerbero, stretto fra le sue braccia, continuava a guaire tentando di nascondere le tre testoline sotto la sua ascella. La ragazza si asciugò in fretta le lacrime.

«È ingiusto» mormorò tremando di rabbia, mentre il giocatore deglutiva e tornava a fissare il cagnolino. «C'è così tanto da mangiare in questo posto senza dover uccidere gli animali!»

Il giocatore strinse gli occhi, studiando Cerbero. Una lunga lingua rossa e screpolata gli spuntò dalle labbra e schioccò affamata. Phere fece un passo indietro mentre Vyr alzava di nuovo la balestra.

«È come se vedesse solo il cibo» disse Stef, «forse in questo anello sono imprigionati i giocatori avidi di cibo, i Golosi. Quelli che su *Minecraft* passano tutto il tempo a cacciare o roba così...»

Phere strinse i pugni. «E quale sarebbe la punizione?»

In risposta, le fronde sopra le loro teste si aprirono.

I ragazzi si pietrificarono mentre una mano gigantesca calava verso il basso e agguantava il giocatore un attimo prima che scattasse di nuovo verso Cerbero. La mano era di un rosa innaturale, setolosa, con solo tre dita dalle unghie grosse e nere. Trascinò il giocatore verso l'alto in una cascata di rami rotti, e nello squarcio fra le foglie, Stef, Phere e Vyr videro un viso gigante, il naso schiacciato da maiale, i denti che ricordavano zanne e le orecchie piegate.

L'essere sollevò il giocatore fino alle sue fauci tenendolo per una gamba, proprio come quello aveva fatto fino a un attimo prima con Cerbero, poi se lo lasciò cadere in bocca, inghiottendolo.

«L-lo ha... mangiato» mormorò Phere, catatonica.

Il gigante abbassò allora gli occhi su di loro.

Occhi piccoli e neri come due fori.

I ragazzi scattarono all'unisono, correndo al riparo nel bosco di betulle. Alle loro spalle, sentivano i passi pesanti dell'essere che li seguiva, coprendo con una sola falcata metri e metri di terreno.

«Da questa parte» urlò Vyr, in testa al gruppo.

Sbucarono in un vasto prato circolare, rischiarato dalle prime luci dell'alba. Alberi da frutto e cespugli in fiore rendevano il giardino un vero e proprio spettacolo della natura, che terminava bruscamente nel precipizio creato dal foro centrale della Fossa. Qua e là giocatori dalle fauci da squalo e con lo sguardo vuoto erano intenti a ingozzarsi di bacche e a inseguire gli animali che razzolavano tranquilli per l'aia.

Il gigante emerse dal bosco alle loro spalle.

Stef e Phere scattarono in posizione di combattimento, anche se il ragazzo dubitava che sarebbero stati in grado di difendersi contro un essere di tali dimensioni. Vyr estrasse una spada allo zaino.

La creatura però li sorpassò con una falcata.

Solo in quel momento i ragazzi notarono gli altri due giganti.

Sorvegliavano il prato come pastori, osservando i giocatori ai loro piedi, assorti nell'atto di divorare, masticare e deglutire. **Il primo aveva la pelle ricoperta di piume bianche e un affilato becco a deformargli il viso. Il secondo la carnagione maculata di chiazze nere e un grosso anello dorato nel naso piatto.** Ogni tanto uno dei due allungava una mano per afferrare un giocatore e mangiarlo.

Il gigante con la testa di maiale li raggiunse.

«Maiale, pollo, mucca» osservò Stef, inorridito.

«I tre animali da cacciare su *Minecraft*» aggiunse Phere.

«Ecco, volevi sapere qual è la punizione di questo anello» disse Vyr, con un filo di voce. Indicò i giganti. «Se mangi un maiale… il maiale ti tritura per benino con le sue zanne e ti manda giù in un sol boccone. Se mangi un pollo, il pollo… ti mangia e…»

«Ok, è chiaro» tagliò corto Phere, nauseata.

Stef si passò una mano sul viso. «Per questo non ci ha attaccato» continuò, rivolgendosi poi a Phere. «Se ieri sera non ci avessi fermati, e ci avessi lasciato andare a caccia, adesso…»

«Il maiale gigante ci divorerebbe» concluse Vyr.

Phere annuì, stringendo ancora più forte Cerbero, che sembrava essersi un po' tranquillizzato. Il cagnolino le leccò il viso.

«Adesso che si fa?» chiese alla fine.

«Scendiamo nel prossimo anello» disse Stef, studiando il confine del prato in lontananza. «Qualsiasi cosa ci aspetti nel prossimo livello, non voglio fermarmi qui un minuto di più».

«D'accordissimo» disse Phere.

Tenendo d'occhio i tre giganti e cercando di attirare il meno possibile l'attenzione, i ragazzi si incamminarono lungo il giardino stando alla larga dagli altri giocatori e dagli animali al pascolo. Raggiunsero così il bordo dell'anello, dove un'insolita casetta si ergeva proprio sul precipizio, affacciandosi nel vuoto. I muri erano fatti di marzapane e il tetto di caramelle colorate.

«Ci manca solo la strega» osservò Vyr.

Quando bussarono, invece, ad aprire la porta fu un ragazzo della loro età. Indossava un paio di pantaloni di tela marroni e una camiciola azzurra a maniche corte, tenuta chiusa con dello spago. In testa, si era schiacciato un cappello sudicio che gli ombreggiava una voglia a forma di luna sulla guancia. Il viso era familiare.

«Caronte?» chiese Phere, sgranando gli occhi.

Sorridendo, il ragazzo si protrasse in un inchino. «Al vostro servizio. Vedo che siete riusciti a superare anche questo anello».

«Sei… cresciuto» osservò Stef, studiandolo.

«Ci hai abbandonato, sulla zattera!» aggiunse Vyr.

«Non proprio» disse Caronte, invitando i ragazzi a seguirlo all'interno della casa. «`Il Caronte bambino che avete incontrato nel primo anello era solo una delle mie molteplici copie.` In un certo senso, noi AI siamo intrappolate qui proprio come i giocatori imprigionati nei livelli, visto che il Guardiano non ci permette di fare niente…»

«Non sembra divertente» disse Phere.

Caronte annuì. «Infatti è una noia mortale».

L'interno della casetta era accogliente. Sotto una finestra c'era un letto di marshmallow e in un angolo un grazioso caminetto acceso. Su un tavolo costruito con una rondella di liquirizia c'era un vaso di fiori, intorno sedie scolpite in riccioli di morbida panna montata. L'attenzione dei ragazzi fu però catturata da un ascensore sul fondo dell'abitazione. Le porte di metallo satinato rimandavano un bagliore rossastro alla luce del fuoco, che si incanalava in un intreccio di graffi e tagli, come se più persone avessero tentato di aprirle a mani nude. Era completamente fuori posto, nella casetta.

Caronte premette il pulsante di chiamata.

«Questo vi porterà giù, al prossimo anello» disse, mentre le porte si spalancavano. L'abitacolo era stretto e i graffi continuavano anche sulle pareti interne. «Se è quello che davvero desiderate».

I ragazzi si scambiarono uno sguardo.

«Trix era troppo nabba persino per catturare un animale, perciò di sicuro non è qui» disse Vyr. «Io vado avanti».

«Anche noi» gli fece eco Phere, stringendosi Cerbero al petto.

«Aspetta» cominciò Stef, indicando il cagnolino. «Avevamo detto che sarebbe rimasto solo per una sera...»

«E invece verrà con noi» lo interruppe Phere, fulminandolo con un'occhiataccia. «Qualsiasi cosa ci attenda nel prossimo livello, qui finirebbe mangiato nel giro di pochi minuti...»

«Questo è vero» dovette ammettere Stef.

«Allora così sarà» rispose secca lei.

Vyr era già salito a bordo dell'ascensore e i due ragazzi si affrettarono a seguirlo. Nello spazio angusto, l'aria odorava di morte.

«Buon viaggio» disse Caronte.

Le porte si chiusero, lasciandoli al buio.

6

Prima ancora che l'ascensore avesse concluso il suo percorso, i tre ragazzi cominciarono a sentirlo. All'inizio piano, poi sempre più forte. Un coro di migliaia di voci, forse persino centinaia di migliaia. Echeggiavano tutt'intorno a loro come un unico assordante rombo, facendo vibrare le spesse pareti metalliche della cabina, e divennero ancora più penetranti quando le porte meccaniche si spalancarono.

Davanti ai ragazzi si sviluppava un tunnel dall'aria antica, il soffitto a botte di pietra ocra che ricordava vecchi e polverosi templi. Una folla compatta e variegata lo riempiva da parte a parte, avanzando tutta nella stessa direzione. In fondo, tremendamente lontano, un puntolino di luce bianca indicava quella che doveva essere l'uscita.

«Ehi!» disse Stef, avvicinandosi a una ragazza della fila, poco lontana dall'ascensore. Dovette urlare per sovrastare il ruggito della folla sopra le loro teste. «Scusa, siamo appena arrivati e...»

«Beati voi» rispose quella, andandosene.

Phere l'osservò a bocca aperta. «Che modi!»

Stef però si avvicinò subito a un altro ragazzo, senza darsi per vinto. «Ehi, cos'è questo posto? Cosa succede là in fondo?»

«La Prova» rispose laconico quello, senza degnarlo di uno sguardo. Sembrava sul punto di piangere. «Sempre la Prova».

«Quale prova?» chiese Phere allarmata.

Il ragazzo però era già scomparso nella folla. Un passo alla volta stavano infatti avanzando e la massa di persone diventava più fitta. C'erano giocatori di tutte le età, vestiti nelle maniere più disparate, dalle skin di *Minecraft* più costose agli abiti più semplici. Alcuni erano per metà animali, altri ancora indossavano pelli di mostri.

Vyr sollevò Cerbero, per evitare che venisse calpestato. «Stiamo vicini, o in questa confusione rischiamo di perderc...» Il ragazzo sgranò gli occhi, d'un tratto saltellando per vedere oltre le teste della folla. «Ma quella è... Trix! Trix! Sono qua!»

Senza aspettare oltre partì di corsa.

Quasi nello stesso istante, Stef afferrò la mano di Phere e imprecando a bassa voce si lanciò all'inseguimento dell'amico. In quel fiume di giocatori in movimento riusciva a malapena a distinguere lo svolazzo rosso del mantello di Vyr, ma di una cosa era certo: se erano arrivati fin lì insieme, non si sarebbero separati ora.

Un folto gruppo tagliò loro la strada.

«Di qua!» disse Phere, passando in testa.

Si infilò sotto un paio di braccia alzate in segno di protesta, zigzagando fra i gomiti tesi all'infuori e i piedi scalpitanti di persone ammassate insieme da troppo tempo. Di Vyr però non c'era più traccia e i due ragazzi si guardarono intorno in cerca di qualche indizio.

Phere si mordicchiò le labbra. «Lo abbiamo pers...»

«*Ssst!*» le fece Stef, le orecchie tese. Era molto difficile da sentire, nel frastuono dentro il tunnel, eppure... «Eccolo di nuovo!»

L'abbaiare di un cane. Anzi, di *tre* cani.

Stef scostò malamente un energumeno alla sua destra, trascinando Phere con sé. Passarono attraverso un gruppetto di ragazzi dal viso pallido, radunati insieme in una specie di preghiera, e raggiunsero un piccolo spiazzo che si era aperto in mezzo alla folla. Lì, un ragazzo dal lungo mantello stava abbracciando stretto una ragazza, che quando li vide si fece subito da parte, nascondendosi dietro di lui.

Vyr si grattò la nuca per celare il rossore delle guance. «Loro sono Stef e Phere» li presentò, «e lei è Trix».

La ragazza sbucò pian piano da dietro a Vyr, come un animaletto che valuti il livello di pericolosità di un predatore alle porte della sua tana. Sorrise timidamente e li salutò con la mano. Con la testa non arrivava alle spalle di Vyr, e teneva i corti capelli biondi nascosti sotto un cappuccio con le orecchie da panda. Sul naso a patata, sormontato da un paio di occhiali tondi, brillavano una decina di efelidi tutte a forma di stella, che si ripetevano anche sulla salopette grigia.

«Mi hanno aiutato» le disse Vyr. «Gli ho spiegato che sei...»

«La Massima Esperta di *Minecraft*» disse Stef.

Phere gli rifilò una gomitata. «Piacere di conoscerti, anche se, be', la situazione non è proprio delle migliori».

«Lo so, l'anello dei Nabbi» mormorò Trix, grattandosi imbarazzata la punta del naso. Gli occhi color del miele però brillavano. «Ma a ben pensarci è incredibile, no? Gli anelli, la Fossa... è un insieme di cose pazzesche, terra incognita per tutti i veri esploratori di *Minecraft*». Improvvisamente la timidezza della ragazza era scomparsa. «Per questo ho teso una trappola al Guardiano e...»

«Cosa hai fatto?!» la interruppe subito Vyr.

Trix sembrò farsi più piccola e abbassò di nuovo la voce. «Be', gli ho teso una trappola. Cioè, in base alle informazioni che avevo raccolto, spesso a sparire da *Minecraft* erano proprio giocatori inesperti come me, così, ecco, non mi sono dovuta impegnare nemmeno molto. Ho combinato uno dei miei soliti pasticci da nabba, solo in scala un po' più grande, sperando di attirare la sua attenzione».

«Attirare la sua attenzione» ripeté atono Vyr.

Stef cercò di non mutare espressione, Phere che infossava il viso nel pelo di Cerbero per nascondere i suoi risolini. Di certo erano la coppia più improbabile che i due avessero mai visto.

«Esatto» confermò Trix, più decisa, «ed è andato tutto secondo i piani: il Guardiano mi ha rapito e mi ha portato nella Fossa».

«E, per curiosità» continuò Vyr, la voce che a malapena celava l'irritazione crescente, «qual era lo scopo del piano?»

«Ma esplorare la Fossa! Capire come funzionano i suoi meccanismi, sviscerarne i misteri! Solo che, ecco, sono rimasta bloccata, con la Prova e tutto...» La ragazza aggrottò la fronte, come se avesse notato solo ora una cosa molto strana. «Ma voi perché siete qui?»

«Per riportarti a casa» rispose Vyr, i pugni stretti.

Trix sbatté le palpebre un paio di volte. «Ma io non voglio tornare a casa. Voglio esplorare la Fossa, lo sai che...»

«No, *io* non lo so! *Io* pensavo che il Guardiano ti avesse fatto del male» sbottò Vyr, senza più riuscire a contenere la frustrazione. «Non che ti fossi buttata in questa follia di testa tua! Ho passato una vita a cercare una scorciatoia per riuscire ad arrivare qui e...»

«Una scorciatoia?!» esclamò Phere, gli occhi che brillavano.

«Ecco perché hai ancora le tue armi» osservò Stef. Adesso finalmente i pezzi andavano tutti al loro posto. Lui non lo faceva quasi mai, di usare trucchetti preconfezionati per semplificarsi la vita durante le partite, ma Phere era una vera e propria maestra al riguardo e spesso ci scherzava sopra. «Non hai aperto il portale come noi» continuò. «Ne hai *creato* uno tuo. Sei un cheater».

«Non è questo il punto» continuò Vyr, anche se era indietreggiato. Fissò Trix, lo sguardo ferito: «Mi hai tenuto all'oscuro del tuo piano. E pensavo che fossimo una squadra, noi due. E sono quasi morto per arrivare fin qua e portarti in salvo... e...»

«Nessuno te lo ha chiesto» disse secca lei.

«No, infatti» ribatté lui, «ora è chiaro».

Fra i ragazzi calò un silenzio pesante. Durante tutta la discussione, la folla aveva continuato la sua avanzata verso la luce in fondo al tunnel, che adesso era molto più vicina. Intorno a loro, il coro di urla e fischi continuava, rabbioso e indecifrabile, sempre più forte.

Trix si schiarì la voce. «E voi, invece, che ci fate qui?»

Stef e Phere si scambiarono un'occhiata.

«Vogliamo sconfiggere il Guardiano» rispose Stef. Dirlo ad alta voce, in quel posto antico e polveroso simile a un tempio, gli procurava una strana vibrazione nel petto. Come se improvvisamente ogni atomo della Fossa lo stesse fissando in maniera ostile.

Phere si avvicinò a lui e gli prese la mano.

«Tu ne sai qualcosa?» chiese.

«Scherzi?!» esclamò Trix, gonfiando il petto. **«È una delle creature di *Minecraft* più incredibili di sempre!»**

«Adesso chi la ferma più, la Massima Esperta» disse Vyr, roteando gli occhi mentre Trix lo liquidava con una linguaccia.

«Aspetta: una creatura di *Minecraft*?» chiese Stef.

«Non è un giocatore?!» domandò Phere, avvicinandosi.

«Certo che no!» esclamò Trix, più decisa.

Il cuore di Stef aveva d'un tratto accelerato: se quello che raccontava Trix era vero, la loro missione era appena diventata molto più difficile del previsto. Infatti, non si trattava più di sconfiggere un altro giocatore, ma di lottare contro un essere che conosceva le regole di *Minecraft* meglio di chiunque altro sulla faccia del pianeta.

«Si dice che ci sia stata una grande battaglia, tempo fa» continuò Trix, gesticolando frenetica, «fra i Programmatori e il Guardiano. Alla fine erano riusciti a intrappolarlo in una specie di prigione a prova di evasione. Ma il Guardiano è scappato lo stesso».

«Ehm… colpa nostra, temo» mormorò Phere.

Gli occhi di Vyr e Trix si spostarono su di lei, increduli.

«Siamo rimasti imprigionati per sbaglio in quel mondo» aggiunse Phere, stringendosi nelle spalle, «e quando finalmente siamo riusciti a scappare, in qualche modo il Guardiano è uscito con noi».

«Per cui tutto questo» disse Vyr, allargando le braccia a indicare la Fossa, «è colpa vostra? Trix, io, tutti questi giocatori...»

Stef annuì piano. «Per questo vogliamo rimediare».

«La spada!» esclamò Trix, facendoli sobbalzare. Stef e Phere la osservarono perplessi mentre la ragazza estraeva da una tasca della tuta un quadernino pieno fino a scoppiare di annotazioni volanti e lo sfogliava velocemente. «La leggenda di Cutter!»

«Cosa...?» chiese Phere, perplessa.

«Mai sentita» aggiunse Stef.

«Capita, con lei» disse Vyr.

«Infatti, la conoscono in pochi» si affrettò ad aggiungere Trix. «Oh, be', forse solo io, va bene. È una leggenda segreta di *Minecraft*. Secondo la storia, per imprigionare il Guardiano, i Programmatori hanno forgiato una spada leggendaria dai poteri fantastici, Cutter. Solo che, ecco, quando il Guardiano è tornato in libertà, se ne è impossessato. Non riuscendo però a distruggerla, per evitare che altri la usassero, l'ha buttata proprio qui, nelle viscere più profonde della Fossa. Dove nessuno sarebbe stato più in grado di trovarla».

«Quindi che dovrebbero farsene?» commentò Vyr.

«Trovarla!» aggiunse Trix.

«Ma hai appena detto che è impossibile!» insistette il ragazzo con una smorfia, scostando irritato il proprio mantello.

«È comunque un'informazione interessante» tagliò corto Stef, stufo dei bisticci fra i due, «anche se molto vaga».

«Ora abbiamo un altro problema» aggiunse Phere. La folla era avanzata per un breve tratto e ormai avevano quasi raggiunto l'uscita del tunnel, anche se la luce era troppo forte e impediva loro di distinguere cosa ci fosse al di là. «Siamo i prossimi».

Trix impallidì. «La Prova».

Cerbero infilò le testoline sotto il mantello di Vyr e Phere si affrettò a riprenderlo in braccio, per rincuorarlo. O forse per rincuorare se stessa. La cosa non le piaceva per niente.

«Di cosa si tratta?» chiese Stef.

Trix sospirò. «Ve l'ho detto: qui sono imprigionati tutti i giocatori inesperti che hanno combinato disastri pazzeschi, tipo attivare una TNT da mille per errore e distruggere un intero mondo di *Minecraft*...» Mentre lo diceva, era arrossita fin dentro il cappuccio. «Per cui la loro punizione è affrontare una prova di abilità difficilissima davanti a un pubblico enorme che, be'...» Trix rimase in silenzio, in modo che potessero ascoltare il coro di voci che fin dal primo momento aveva pervaso il tunnel. Urla, e fischi. «... Non fa mai il tifo per te, anzi. E se fallisci... oltre a morire male... ti ritrovi di nuovo all'inizio del tunnel, e ricomincia tutto da capo. È l'inferno!»

La ragazza scomparve nel cappuccio e nel vederla così persino Vyr sotterrò l'ascia di guerra e le passò un braccio sulle spalle.

«Tu da quanto sei qui?» chiese Phere.

Trix scosse la testa, sull'orlo delle lacrime. «Non lo so. E più ripeto la prova, più mi sembra di... svanire. Di perdere pezzi di ricordi, cose che avevo imparato e alla fine...» indicò un ragazzo dal viso inespressivo e gli occhi bianchi che camminava nella folla come uno zombie, «se non riesco a vincere la Prova, diventerò...»

Vyr la strinse preoccupato a sé, mentre lei scoppiava a piangere.

Stef si avvicinò a sua volta, toccandole delicatamente una spalla. «Stavolta vedrai che ce la faremo» le disse.

Trix lo guardò poco convinta, asciugandosi gli occhi.

Phere le prese la mano. «L'affronteremo insieme».

Un coro di risate invase il tunnel.

Ormai erano giunti in fondo.

Adesso toccava a loro.

7

Finalmente il coro di urla e fischi che li aveva perseguitati fino a quel momento aveva un volto. Anzi, migliaia di volti, forse persino centinaia di migliaia. Gli spettatori si ammassavano su antichi spalti di pietra grigia, in quella che era un'arena scavata lungo il precipizio circolare che li avrebbe ricondotti su, all'anello dei Golosi. Avevano tutti visi anonimi e privi di lineamenti, lisci come palloncini, che pur senza labbra erano in grado di gridare e beffeggiarli.

Sopra a ognuno, venivano proiettate parole e messaggi.

Phere ne lesse un paio: 'Loser!1!!', 'LASCIA PERDERE!

Secondo me non duri nemmeno cinque secondi', 'Rosa? Che colore orribile di capelli!' 'LOL! Dove vai NABBO?' 'La tipa vestita da panda non ce la farà MAI!' ed erano quelli meno cattivi...

«Simpatici» mormorò lei, a denti stretti.

«S-sono haters» balbettò Trix, rintanandosi nel cappuccio con le orecchie da panda, «seguono le sfide dell'arena in streaming. E si scatenano in chat contro di noi, p-perché, ecco, noi...»

«Perché *loro* sono solo dei codardi» commentò Vyr, passandole un braccio intorno alle spalle. «Cerca di non farci caso».

«E poi abbiamo ben altro di cui preoccuparci» ribatté Stef, perché l'area centrale dell'arena, quella dove tradizionalmente avrebbero dovuto esibirsi i gladiatori, non esisteva. Era un buco vuoto, la bocca famelica della Fossa. E l'uscita del tunnel conduceva proprio al suo confine, su un trampolino di pietra che si affacciava nel nulla.

Vyr si sporse a guardare. «La Prova non è saltare di sotto, vero?» chiese, deglutendo.

Trix, che si era aggrappata al suo mantello, scosse la testa. «S-se cadi, torni dentro al tunnel, e d-devi ricominciare da capo».

«Allora cosa dovremmo…» cominciò Phere.

Stef la prese per un gomito. «Guarda».

La Prova prendeva forma sotto il loro naso, materializzandosi per aria in un fumoso luccichio azzurro che improvvisamente si stabilizzava in solida materia: cubi sospesi sopra la voragine, in un percorso contorto che prevedeva di saltare dall'uno all'altro per poter raggiungere il lato opposto dell'arena. Alcuni cubi avevano l'aspetto fragile, altri erano dipinti con colori brillanti che preannunciavano guai.

«È questa, la *terribile* Prova?» chiese Vyr, a bocca aperta.

Anche Stef fissava perplesso il percorso. Dopo tutto quel gran mistero, si era immaginato qualcosa di molto più pericoloso. Invece *Minecraft* era pieno di mondi in cui affrontare sfide di quel tipo! Lui le trovava persino divertenti e alcune davvero ingegnose, ma sapeva per certo che a qualcun altro la cosa non sarebbe piaciuta, affatto.

«Fra tutte le sfide che potevano capitare» sbuffò infatti Phere, al suo fianco, «proprio una di parkour! Io *detesto* il parkour!»

«Solo perché non sei un granché capace» scappò detto a Stef e lei lo colpì con un pugno alla spalla. «Ma è vero!» protestò.

«Sì, forse» ammise Phere, imbronciata.

Il ragazzo corrugò la fronte, tornando a concentrarsi sul percorso davanti a loro. Non sembrava particolarmente difficile, se non fosse stato che a cadere giù da un blocco si finiva divorati dalla Fossa e bisognava ricominciare da capo. Ma quanti tentativi potevano volerci, per superarlo? Pochi, si rispose, se non si era dei completi...

«Nabbi» mormorò fra sé, girandosi verso Trix.

La ragazza arrossì. «Per me è impossibile! È come se avessi due piedi sinistri. O qualcuno mi avesse legato tra loro i lacci delle scarpe. O mi avesse stretto una benda sugli occhi...»

Phere sospirò. «Ti capisco, credimi».

«Apro io la strada» disse Stef.

Il cubo più vicino al bordo del precipizio era di solida roccia scura e avrebbe potuto ospitare al massimo una persona. Sotto, la Fossa si spalancava in tutta la sua spaventosa profondità, nuvole di fumo grigio a drappeggiare il cielo dell'anello successivo. Stef si ritrasse.

«Meglio non guardare giù» disse, deglutendo.

L'istante dopo, una sagoma l'aveva sorpassato con un balzo e Phere era già sul cubo, il volto imperlato di sudore. «Prima arriviamo alla fine di questa tortura, meglio è. Basta non pensarci troppo».

Secondo me non duri nemmeno cinque secondi
panda non ce la farà MAI!
Rosa? Che color orribile capelli!
LOSER!!!!
LOL! ove vai JABBO!?
BUUU!!!
Quello col can neanch parte

«Ha parlato l'esperta» mormorò fra sé Stef.

Trix era impallidita. «E come si fa a non pensare a-al vuoto e a precipitare nel v-vuoto e alla c-caduta nel vuoto e...»

«Prendi la rincorsa e salti. E basta» disse Stef, balzando sul primo cubo nel momento in cui Phere passava al successivo, posto un po' più in alto. Allungò la mano verso Trix. «Nel caso ti prendo».

«Ce la puoi fare» disse Vyr, infilandosi Cerbero nel mantello.

La ragazza annuì poco convinta, fece qualche passo indietro, un respiro profondo e poi scattò di corsa verso il precipizio.

«Oh no» gemette Phere.

Trix aveva chiuso gli occhi e spiccato il salto.

«Troppo presto» mugugnò Stef, afferrandola per una manica e trascinandola insieme a lui sul cubo, rischiando di cadere. «'Non pensarci' non significa non prendere la mira! Occhi aperti!»

«S-scusa» annuì Trix, bianca in viso.

«Va bene» disse Stef, incoraggiante, anche se stava già calcolando i balzi che mancavano alla fine del percorso. «Vedrai che i prossimi andranno meglio. È solo una questione di pratica».

E i successivi effettivamente andarono meglio, almeno finché non arrivarono al cubo molliccio di slime, proprio verso la fine.

Phere saltò per prima, rimbalzò sulla superficie verdognola e gommosa e fu sparata un centinaio di metri più in alto. In volo, calibrò i propri spostamenti con le braccia, studiando il percorso che si diramava in più direzioni. Loro dovevano atterrare su un isolotto di pietra al centro di un disco di lava sospeso a mezz'aria. Da lì in poi sarebbero mancati solo un paio di balzi per arrivare al lato opposto dell'arena, dove un secondo tunnel si apriva sotto gli spalti.

Qualcosa la colpì mentre era ancora in volo.

Trix era saltata di nuovo troppo presto e l'aveva centrata in pieno. Phere fu spinta di lato e per la prima volta intorno a lei sentì la folla trattenere il respiro. Il mondo le vorticava intorno senza alcun senso, ma riuscì lo stesso a vedere che nello scontro anche Trix aveva perso la traiettoria del suo balzo. In un istante rischiavano di finire entrambe divorante dalla Fossa. E cosa sarebbe successo dopo? Si sarebbero ritrovate da sole o insieme, al punto di partenza? E per quanto tempo sarebbero precipitate in quel pozzo prima di schiantarsi?

In un ultimo disperato tentativo, cercò di rallentare la caduta. Sotto di sé vide un cubo di roccia più grande degli altri, con appesa a una parete laterale una scaletta di legno. Era lontano, ma era pure la sua ultima speranza prima del vuoto della voragine. Tentò di darsi la spinta con le gambe, scalciando l'aria, quasi stesse nuotando. **Allungò la mano più che poté, le dita sfiorarono i pioli...**

... ma i polpastrelli scivolarono via.

Ora solo la Fossa l'aspettava.

Uno strattone le tolse il fiato mentre si schiantava malamente contro la parete rocciosa del cubo, sbattendo la schiena e la nuca. Il dolore le attraversò furioso la testa, strappandole un urlo.

Qualcosa l'aveva afferrata per un polso.

No, non qualcosa. Qualcuno.

Stef la teneva stretta per un braccio, appeso alla scaletta. Il ragazzo strinse i denti, lottando contro il suo, di dolore, che dalla spalla gli invadeva tutto il corpo implorandolo di lasciare la presa. Invece issò Phere un po' più in alto finché anche lei non agguantò un piolo.

Stremato, Stef chiuse gli occhi.

Quando aveva visto Trix rimbalzare sul cubo di slime, aveva capito subito che la ragazza aveva sbagliato di nuovo a prendere la mira. Il sangue allora lo aveva abbandonato e un solo assordante pensiero aveva preso il posto di qualsiasi altro: Phere.

L'istinto si era mosso per lui. Era saltato giù dalla sua postazione, verso la ragazza. Il vento lo aveva sferzato con violenza, e Stef aveva ritratto le braccia contro il corpo per andare ancora più veloce.

L'aveva afferrata, e aveva afferrato la scaletta.

«Ce l'ho fatta» mormorò fra sé.

Phere, pochi pioli sotto di lui, era paonazza, i capelli rosa scarmigliati intorno al viso. «Trix?» chiese, con un filo di voce.

«Guarda tu stessa» le rispose Stef.

Vyr era saltato quasi nel suo stesso istante, con uno scopo identico ma un obiettivo diverso. Era rimbalzato verso Trix e l'aveva afferrata al volo, poi dallo zaino aveva estratto un arco con una freccia a rampino, legata a una lunga corda. Tenendo l'amica stretta a sé, Vyr aveva puntato l'arma e il dardo si era conficcato nella pietra antica degli spalti. Il meccanismo dell'arco era entrato in funzione e con uno strattone i due erano stati trascinati fino all'altro capo dell'arena.

«C'è mancato poco» sospirò Phere. «Dannato parkour!»

«Inizio a capire perché lo odi tanto» disse Stef.

Ora che dovevano preoccuparsi solo di loro stessi, i due ragazzi conclusero il resto del percorso con pochi salti e all'arrivo Trix li stritolò subito in un abbraccio che per poco non li fece ribaltare.

«Scusa scusa scusa» continuava a ripetere, affranta.

A Phere alla fine venne da ridere. «È tutto ok».

«Lo sentite?» fece Vyr, interrompendole.

«Cosa…?» chiese Phere, Trix al suo fianco.

«Il silenzio» rispose Stef, rabbrividendo. La folla di haters era ammutolita e i messaggi spariti. Sugli spalti restavano solo dei manichini senza volto, in attesa di essere rianimati dai loro proprietari. «È come se la vittoria di un nabbo non fosse stata prevista e avessero tutti abbandonato la chat nello stesso istante. Oppure…»

«Al Guardiano non piace perdere e ha interrotto lo streaming per non farlo vedere a nessuno» disse Phere con un sorriso forzato sulle labbra. Quel silenzio era inquietante.

Cerbero, ancora nel mantello di Vyr, guaì piano.

«Sì, meglio andarsene» disse Stef, dirigendosi verso l'uscita.

I ragazzi lo seguirono e Trix fece una linguaccia in direzione degli spalti. Alla fine del tunnel, li attendeva un ascensore identico a quello che li aveva condotti laggiù. Seduto proprio lì accanto, un uomo fumava la pipa dondolandosi sulle gambe posteriori della sedia.

«Sei… tu?» chiese Phere, avvicinandosi.

«E chi altri se no?» rispose Caronte.

L'uomo indossava i soliti pantaloni di tela marrone e la camiciola azzurra con le maniche corte, ma se non fosse stato per la voglia a forma di luna sulla guancia, i ragazzi non lo avrebbero riconosciuto. Il bambino che avevano incontrato nel primo anello ora aveva quasi quarant'anni, il viso segnato dalle prime rughe e i capelli brizzolati.

«Sempre al nostro servizio, immagino» disse Stef.

«Chi è?» sussurrò Trix, gli occhi che brillavano di curiosità mentre scribacchiava appunti sul suo quadernino.

«Il Custode dei Passaggi e delle Porte » rispose Vyr, depositando Cerbero a terra. «Un'intelligenza artificiale creata dal Guardiano».

Caronte passò lo sguardo da un ragazzo all'altro. «Non incontravo nessuno da molto, molto tempo». La sua voce era rauca e gracchiante, come se provenisse da una radio sintonizzata male. «Sono passati millenni dall'ultima volta che qualcuno ha superato la Prova, ma immagino che dai nabbi non si possa pretendere molto...»

«Ehi!» protestò Trix. «Invece, eccomi».

«Grazie a Stef e Phere» disse Vyr.

«Be', sì» ammise lei, scomparendo nel cappuccio.

Caronte li ignorò, lo sguardo perso negli anelli di fumo della sua pipa. «Il premio per il vostro successo è quello di poter tornare in superficie» continuò, accarezzando uno dei due pulsanti dell'ascensore. Sopra, una freccia nera indicava l'alto. «Se fossi in voi ne approfitterei, finché potete, altrimenti...» Sul secondo bottone, la freccia nera puntava verso il basso, «se proprio lo desiderate, potete sempre scendere nel prossimo anello. A voi la scelta».

Vyr e Trix risposero all'unisono.

«Saliamo» disse lui.

«Scendiamo» disse lei.

Phere si portò una mano al viso, esausta, mentre i due ragazzi si fissavano in cagnesco e gonfiavano il petto come galli.

«Ecco che ricominciano» mormorò Stef.

«Io scendo» ribadì Trix, abbandonando d'un tratto ogni timidezza. Phere avrebbe tanto voluto farle notare che la cosa succedeva soltanto quando parlava, o litigava, con Vyr, ma la ragazza continuò: «È *esattamente* il motivo per cui mi sono fatta catturare: scoprire i segreti della Fossa e di *Minecraft*, costi quel che costi!»

«E costi quel che costi io sono arrivato fino a

qui solo per riportare te in superficie» borbottò Vyr a bassa voce. E mentre Trix serrava i pugni e si preparava a ribattere, aggiunse: «Ma... ok. Va bene».

Presa alla sprovvista, la ragazza aprì e richiuse la bocca.

«È il tuo sogno, no?» domandò Vyr.

Trix annuì decisa. «E tu...?»

«Vi aiuterò, almeno per un altro anello» disse lui, sistemandosi lo zaino in spalla. «Senza le mie armi, sareste spacciati».

«Potresti lasciarcele» rispose Stef, ma stava sorridendo.

Era contento di continuare quel viaggio insieme al ragazzo, ormai si era abituato alle sue battute per niente divertenti, e Trix poteva essere un vero e proprio pozzo di informazioni utili. Phere si affrettò a stringerli entrambi nello stesso abbraccio, mentre Cerbero saltellava ai piedi del gruppo sfregando le tre teste contro le loro gambe.

«Immagino abbiate preso la vostra decisione» disse Caronte.

I ragazzi si erano quasi dimenticati della sua presenza. Uno dopo l'altro annuirono e salirono a bordo del piccolo cabinato.

Senza nemmeno alzarsi dalla sedia o spostare l'attenzione dalle nuvole di fumo della sua pipa, Caronte premette il tasto con la freccia verso il basso. La sua voce arrivò lontana, mentre le porte dell'ascensore si chiudevano con un inquietante cigolio.

«Ve ne pentirete» disse, «nell'anello dei Devastatori».

Con un sussulto, l'abitacolo cominciò la sua discesa.

8

Il viaggio in ascensore fu molto più lungo del precedente, come se il Guardiano avesse voluto mettere un'incredibile distanza fra l'anello dei Nabbi e quello successivo.

Nel silenzio della discesa, Phere si tormentava una ciocca di capelli. Aveva un brutto presentimento.

«Ha detto Devastatori, vero?» chiese.

«Tu ne sai qualcosa?» domandò Stef a Trix.

La ragazza annuì scomparendo nel cappuccio. «Non è un termine molto usato dalla community, ma potrebbe essere quello…»

«Non tenerci sulle spine» la rimbrottò Vyr.

«Be', ecco» continuò Trix, chinandosi a grattare le tre testoline di Cerbero, «in alcuni forum chiamano 'Devastatori' i giocatori che distruggono intere foreste per procurarsi due pezzi di legna o per divertimento. O quelli che per trovare i diamanti nascosti nel terreno e arricchirsi riducono i loro mondi a delle cave…»

Phere lasciò la ciocca di capelli. «Ho presente il tipo».

«Non sapevo avessero un anello tutto per loro» osservò Trix.

«Pensavo peggio» disse Vyr. «*C'è* di peggio».

«Sarà, ma più che dei Devastatori in sé, io mi preoccuperei della punizione a cui li deve aver sottoposti il Guardiano» replicò Stef, mentre l'ascensore si arrestava con uno scossone.

Quando le porte si aprirono, una nuvola nera di cenere e fumo investì i ragazzi, che subito si ripararono naso e bocca con i lembi delle magliette e si affrettarono a uscire dall'ascensore. L'attimo successivo la cabina aveva ripreso il suo viaggio, stavolta verso l'alto.

«Che succede?!» urlò Phere, la voce arrochita a causa del fumo acre e della tosse, gli occhi irritati che le lacrimavano.

«Qualcosa sta andando a fuoco» rispose Stef.

Si trovavano all'aperto, ma era difficile distinguere il paesaggio con il vento che soffiava le esalazioni dell'incendio nella loro direzione. Persino il cielo era nero. Stef cercò a tentoni la mano di Phere, che a sua volta trovò quella minuta di Trix, che afferrò Vyr per il mantello, Cerbero stretto in braccio. Così uniti si addentrarono nella nebbia alla ricerca di una via d'uscita, in silenzio per non inghiottire altro fumo, con la cenere che si attaccava ai vestiti e bruciava la pelle.

Poi il vento cambiò direzione, portando con sé aria fresca. E un panorama davvero spettrale. Davanti ai ragazzi si estendeva una distesa di fango, piena di buche e fossati. Qua e là, contro il cielo invaso dal fumo, si vedevano edifici carbonizzati. In lontananza le fiamme bruciavano un bosco, lambendone le chiome in una danza mostruosa di lingue rosso vivo. Come altrettanto mostruosa era la creatura fatta di fuoco e gas tossici che, stritolando gli alberi nei suoi lunghi tentacoli di lapilli incandescenti, propagava l'incendio.

«Un blaze» mormorò Trix, riparandosi dietro a Vyr.

«Siamo troppo distanti perché ci veda e ci attacchi» tentò di rincuorarla il ragazzo. Ma poi si rivolse a Stef: «Vero?»

«Credo di sì» disse lui, poco convinto.

Phere lo affiancò. «C'è gente...»

Al margine del bosco in fiamme, un gruppetto di giocatori tentava di domare l'incendio con poco più delle proprie mani e alcune manciate di terra melmosa a disposizione. Phere serrò gli occhi quando il blaze li incenerì con una sferzata di un suo tentacolo infuocato.

«Andiamocene, vi prego» sussurrò Trix, paonazza.

«Sì, ma... dove?» disse Vyr, sistemandosi in spalla lo zaino.

I banchi di nebbia scura e maleodorante che attraversavano la pianura di fango rendevano difficile capire dove si trovasse il confine dell'anello e la voragine della Fossa, così alla fine i ragazzi scelsero in base all'istinto la direzione in cui l'aria appariva un po' più fresca e il cielo meno minaccioso. Il terreno però rimaneva un inferno da attraversare, con il fango che arrivava fino alle ginocchia e decine di buche. I quattro si arrampicarono a fatica sugli argini dei fossati, scivolando spesso e aiutandosi a vicenda a rialzarsi, i vestiti sporchi e umidicci appiccicati al corpo come una pesante camicia di forza.

Ogni tanto incontrarono altri giocatori che, immersi

come loro in quelle orribili sabbie mobili, tentavano di pianeggiare il suolo spostando cumuli di melma a mani nude. Come negli anelli precedenti, però, quando i ragazzi rivolsero loro delle domande, non ottennero risposta, quasi fossero invisibili. Ben presto rinunciarono.

«Sono qui da troppo tempo» spiegò Trix.

Nessuno le rispose, scoraggiati dall'idea di fare la stessa fine. Proseguirono in silenzio, tenendosi lontani dagli incendi, ma i blaze non erano le uniche creature a tormentare i giocatori dell'anello.

«Al riparo!» urlò Stef, buttandosi in un fosso.

I ragazzi si appiattirono al suolo mentre il rombo attutito

di un'esplosione li raggiunse insieme a un lugubre lamento. **Poco dopo un ghast volteggiò sopra di loro, simile allo spettro di un'enorme medusa grigia.** Spalancò la bocca e lanciò una palla di fuoco, aprendo una fossa nel fango. Phere si coprì le orecchie con le mani, le tre testoline di Cerbero premute contro il suo fianco per nascondersi.

Il ghast li sorpassò e la ragazza si sollevò.

«Ora capisco» mormorò, ripulendosi il viso. Per via del fumo le bruciavano gli occhi, le narici e persino la gola. **«I Devastatori non hanno alcun rispetto per l'ambiente, così qui sono condannati a rimediare ai danni che hanno procurato ai loro mondi...»**

«Ma non possono, contro i ghast e i blaze» intervenne Stef, «che continuano a generare incendi e a scavare buche nel terreno».

«Senza una goccia d'acqua» aggiunse Vyr.

«O almeno una pala» sussurrò Trix.

Phere serrò i pugni. «Io odio i Devastatori, sul serio, ma tutto questo è fin troppo crudele. Il Guardiano è...» Le parole le morirono sulle labbra e Stef le passò un braccio intorno alle spalle. La ragazza lo fissò negli occhi. **«Promettimi che lo fermeremo».**

«Te lo prometto» ripeté lui senza esitare.

«E io vi aiut...» cominciò Trix.

Uno schianto la interruppe. Vicino, troppo vicino.

I ragazzi arrancarono a fatica fuori dal fosso in cui avevano riparato e si ritrovarono davanti alla meta finale del ghast.

Stef sbarrò gli occhi, lo stomaco annodato.

«Un mostro» disse Phere. «Ecco cos'è, il Guardiano».

Non c'erano parole per descrivere l'orrore del paesaggio.

Il villaggio era stato costruito in modo da mimetizzarsi il più possibile con l'ambiente fangoso, forse per questo non lo avevano visto subito, ma adesso che era in fiamme brillava come una stella nella notte.

Ci fu un secondo schianto mentre un edificio crollava, distrutto da un'altra palla di fuoco del ghast. Poco più in là, un blaze infieriva con i suoi tentacoli sulle abitazioni e sui giocatori in fuga.

«Dobbiamo fare qualcosa» mormorò Phere.

Prima che Stef potesse agguantarla, si era già lanciata dentro al villaggio, con le strade invase dal fumo e l'incendio che ruggiva furioso tutt'intorno a lei. Uno scoppio di tosse la costrinse a fermarsi per riprendere fiato e attraverso le lacrime intravide alcuni giocatori tentare di spegnere un edificio ormai sul punto di crollare.

«Via di lì!» urlò, senza che nessuno la udisse.

Allora strattonò una ragazza, ma quella le diede uno spintone facendola cadere e ritornò subito ad avvicinarsi al palazzo in fiamme. L'attimo dopo era scomparsa sotto le macerie.

«Dannazione» mormorò Phere, esausta.

Un altro attacco di tosse la costrinse a piegarsi in avanti, la vista che iniziava ad annebbiarsi. La testa le pulsava e quando tentò di alzarsi scoprì di non riuscirci. Poi un paio di mani l'afferrarono per le ascelle e la sollevarono. Trix e Stef la trascinarono in uno spiazzo e insieme a Vyr le sventolarono il viso finché non si fu ripresa.

«Non puoi salvarli» urlò Stef, sopra il fracasso.

Phere lo scansò, furiosa. «E tu vuoi abbandonarli?!»

«Ci penso io» sospirò Vyr, consegnando Cerbero a Trix.

I tre lo fissarono senza capire. Il ragazzo si era sfilato dalle spalle lo zaino e con un sorriso triste lo consegnò a Stef. In mano stringeva una scatolina azzurra, poco più grande del suo palmo.

«Oh no» disse Stef, riconoscendola.

Vyr però aveva già preso la rincorsa, raggiungendo il centro dello spiazzo. Caricò il braccio all'indietro e la lanciò. L'esplosione della scatolina illuminò il cielo come un fulmine. L'attimo dopo una bolla d'acqua delle dimensioni di un meteorite era comparsa nell'aria e stava precipitando sopra il villaggio. Verso di loro.

Stef ebbe l'impressione che il tempo rallentasse.

«Una bomba ice» disse, più a se stesso che agli altri.

La sfera d'acqua inglobò gli edifici allargandosi ancora e s'infranse al suolo generando un'onda melmosa alta una decina di metri.

«Arriva» mormorò Phere, afferrando Trix e Cerbero.

Stef si strinse lo zaino al petto mentre veniva travolto. Fu spinto sott'acqua e la corrente lo trascinò via con una serie di piroette. Poi qualcosa di duro lo colpì in pieno petto, svuotandogli i polmoni in un urlo fatto di mille bollicine. Annaspò, cercando di raggiungere di nuovo la superficie, ma l'acqua gli lambì le gambe e lo spinse in basso e poi contro la parete di una casa. Macchie nere gli oscurarono la vista e stava per perdere i sensi quando d'un tratto si ritrovò fuori. I suoi polmoni si riempirono con un rantolo doloroso, avidi di vita.

Stef si alzò sui gomiti, fradicio e scosso.

La bomba ice aveva completamente spento l'incendio e lo tsunami aveva trascinato lui e molti altri giocatori fuori dai confini del villaggio. Poco lontano il ragazzo vide Phere aiutare Trix a rimettersi in piedi, Cerbero che scuoteva il pelo grigio in una pioggia di goccioline. Subito si sentì un po' meglio e li raggiunse.

«Dov'è Vyr?» chiese, senza fiato.

Con mano tremante, Trix indicò un punto davanti a lei.

Vyr era appena sbucato dalle rovine fradicie del villaggio e correva affannosamente verso di loro. Inciampò nel terreno fangoso, reso ancora più viscido e incerto dai rivoli d'acqua della bomba, ma si rialzò in fretta, sbarazzandosi del mantello che lo intralciava. Sul viso, un'espressione di terrore che Stef, Phere e Trix non gli avevano mai visto prima. Fu allora che comparve il blaze, le fiamme del corpo che saettavano verso il cielo in un chiarore che feriva gli occhi. Poi il lamento del ghast tagliò il silenzio ammutolito dei giocatori, mentre la creatura emergeva in volo da un'altra direzione, anche lei puntando Vyr.

«Corri! Corri!» urlò Trix. «Più veloce!»

Ma Vyr era troppo lontano, e il blaze troppo vicino.

Con un tentacolo la creatura lo avvolse nelle sue fiamme.

Il volto del ragazzo si contrasse in una smorfia di sorpresa e dolore e per un istante i suoi occhi verdi incrociarono quelli disperati dei tre amici. Poi di lui non rimase che una nuvola di cenere nera.

Il ghast e il blaze avanzarono ancora.

9

Stef si lasciò scivolare dentro un fossato.

Phere lo seguì trascinandosi dietro Trix. Si schiacciarono sul fondo melmoso, invaso dall'acqua ghiacciata della bomba ice. Sopra di loro, il ghast lanciò un'altra palla di fuoco e poco lontano il terreno esplose, scavando un profondo cratere. I ragazzi furono circondati da una pioggia marrone. Nel frattempo, il blaze sferzò l'aria con uno dei suoi tentacoli, vaporizzando un paio di giocatori.

Dovevano andarsene da lì, e in fretta.

E per riuscirci avrebbero dovuto correre veloci.

Ma da quando aveva visto Vyr scomparire nel nulla, Trix

stringeva a sé Cerbero con lo sguardo perso nel vuoto. Phere la scosse con forza tenendola per le spalle, senza ottenere alcuna reazione.

«Resta solo una cosa da fare» mormorò Stef.

Phere lo fissò negli occhi. «Sei sicuro?»

Stef annuì e abbassò lo sguardo sul logoro zaino di Vyr, che ancora stringeva fra le braccia. Per un attimo rivide davanti a sé il sorriso triste dell'amico, poco prima di sacrificarsi. Combattere contro un ghast e un blaze di quelle dimensioni era una vera follia.

Ciononostante non avrebbero perso anche Trix.

Stef spalancò lo zaino e ci infilò dentro il braccio fino al gomito, tastando alla cieca la marea di oggetti accatastati all'interno. Di certo Vyr non era partito con poco equipaggiamento!

Stef scartò subito picconi, pale e zappe, ma anche spade, asce e tridenti. In un angolo c'era una catasta di scatole che dovevano essere bombe di qualche tipo, ma neanche quelle andavano bene.

«Sbrigati» gli intimò Phere, sbirciando oltre il fossato.

Il lugubre lamento del ghast echeggiò lungo la trincea mentre la creatura, simile a un fantasma, sorvolava il cielo nero sopra di loro. Phere si appiattì di nuovo nel fango. Al suo fianco Trix si rannicchiò in posizione fetale. Cerbero guaiva piano, spaventato.

Il ghast sparò una palla di fuoco.

Phere trattenne il fiato, seguendone la traiettoria.

Stef infilò il braccio ancora più a fondo nello zaino, le dita che tastavano frenetiche alla ricerca di *quella* cosa. «Non la trovo…»

L'argine melmoso sopra di loro saltò in aria.

«Arrivano» urlò Phere, proteggendosi la testa.

Il tentacolo di fuoco del blaze serpeggiò nel fossato, bruciando il terreno e lasciandosi dietro una scia di vapore incandescente. Li aveva trovati. Lottando contro il fango, Phere raggiunse Trix e l'afferrò per un braccio nel tentativo di costringerla ad alzarsi, ma la ragazza continuava a guardare il vuoto e non accennava a volersi muovere.

Gli abiti, impregnati di terra, erano diventati pesantissimi.

Il tentacolo virò nella loro direzione.

«Forza!» urlò Phere a Trix, senza risultato.

Il serpente di fuoco scattò in avanti, verso di loro.

Poi le dita di Stef trovarono finalmente quello che stavano cercando. Con un movimento fluido, il ragazzo sfilò dallo zaino la balestra di Vyr e se la portò davanti al viso, prendendo la mira. Nel bosco di betulle dell'anello dei Golosi, era rimasto letteralmente senza parole nel vedere un'arma tanto potente in mano all'amico, puntata contro un cagnolino indifeso. Ma visto il costante timore del ragazzo di essere derubato, aveva deciso di non fare domande.

Ora, percepiva la potenza dell'oggetto.

Con un dito, Stef sfiorò il calcio di legno fino a trovare il meccanismo d'armamento. Sembrava la lancetta di un orologio o di una valvola, e poteva essere spostata in varie posizioni, ognuna contrassegnata dal disegno di una goccia colorata: rossa, nera, verde... Stef la portò sul blu. La freccia nella balestra mandò un bagliore trasformandosi in un dardo di ghiaccio e senza esitare oltre il ragazzo premette il grilletto. La freccia tagliò l'aria con un sibilo, colpendo il tentacolo di fuoco, che si ritrasse di scatto. Stef caricò un altro dardo e sparò ancora, facendolo esplodere in una cascata di scintille.

Stef esultò, mentre Phere sollevava Trix.

«Uno a zero!» ululò il ragazzo.

Poi una densa nebbia nera invase la trincea e gli occhi di fiamma dell'intero blaze si fissarono sui ragazzi come due tizzoni ardenti. Il calore divenne insopportabile mentre il terreno fangoso d'un tratto inaridiva e prendeva fuoco, trasformandosi in rivoli di lava.

Eppure Phere non si mosse di un passo. Non doveva.

Strinse a sé Trix, riparandosi il naso e la bocca con un lembo della maglietta, lo sguardo che saettava da un punto all'altro perlustrando il fumo alla ricerca di Stef, che era sparito nella nebbia.

«Datti una mossa» mormorò, ricacciando il panico.

La ragazza sentì i vestiti fradici asciugarsi mentre un vento caldissimo la circondava. La pelle cominciò a prurderle, poi a bruciarle. Ai suoi piedi il piccolo Cerbero emise un latrato che mutò in ringhio.

La massa infuocata del blaze si parò loro davanti.

Era talmente grande da occupare tutto il campo visivo.

E ancora, Phere rimase immobile.

«Forza...» mormorò di nuovo. «Forza!»

Una voce nella nebbia chiamò il suo nome.

E Phere l'avrebbe riconosciuta fra mille.

Aveva fatto da esca, restando lì impalata, ma adesso toccava a lei chiudere lo scontro. Con una piroetta la ragazza afferrò al volo la balestra lanciatale da Stef e sorrise. L'arma era pesante e mortale.

Gli occhi di Phere brillarono nell'oscurità più di quelli infuocati del blaze. Poi la ragazza prese la mira e sparò una raffica di dardi ghiacciati contro la creatura, troppo vicina per scappare.

«Questo è per Vyr!» gridò, furiosa.

Il blaze emise un lamento assordante e tentò di ritrarsi, rimbalzando contro le strette pareti del fossato come la pallina di un flipper. Alla fine si accasciò al suolo, dove le sue fiamme si spensero in uno sbuffo di vapore maleodorante, i tentacoli afflosciati su se stessi.

Tossicchiando, Stef riemerse dalla nebbia nera.

«Ben fatto» le disse, toccandole gentilmente una spalla.

«Ce ne hai messo di tempo» lo rimbeccò lei, ma per un istante gli sorrise, prima di tornare seria. «Non è ancora finita».

Il lamento del ghast risuonava nel fossato. Cerbero annusò l'aria con le sue tre testoline, agitando nervoso la coda.

«Andiamocene, finché è distante» disse Stef.

Insieme, i due ragazzi costrinsero Trix a muoversi. Fuori, aveva ricominciato a piovere cenere e Stef e Phere si fermarono a osservare le rovine del villaggio per cui Vyr si era sacrificato. Dei suoi abitanti non restava alcuna traccia, vaporizzati dall'ultimo attacco del blaze. In lontananza, nuovi incendi avvolgevano altre foreste e città.

«Questo posto è davvero l'inferno» disse Phere.

«Un motivo in più per distruggerlo» mormorò Stef.

Al di là della pianura fangosa e dei boschi inceneriti, si scorgevano ora i corpi massicci di imponenti torri di mattoni. Alte mura di pietra le collegavano fra loro creando una vasta fortificazione di forma circolare, all'apparenza priva di qualsiasi porta d'accesso.

«Dici che è quello, il confine?» chiese Phere.

Stef si strinse nelle spalle. «Più scendiamo, più gli anelli dovrebbero essere piccoli... quella però non è una voragine».

«Sono le mura della Città di Dite» mormorò Trix. I due ragazzi si girarono stupiti a osservarla mentre lei si asciugava le lacrime che le scorrevano silenziose sulle guance. «La città si trova più in basso, nel prossimo anello, ma immagino che le mura arrivino fin quassù per proteggerla dagli sconfinamenti dei blaze e dei ghast». La voce le si ridusse a un sussurro inudibile. «Se avessi detto a Vyr...»

Il cuore di Phere rimpicciolì e le strinse le mani.

Perché era da un po' che un pensiero la tormentava.

«Non è colpa tua» disse, cercando a sua volta di non piangere. «Se non mi fossi buttata dentro al villaggio...» La frase le morì sulle labbra ripensando alla smorfia di dolore di Vyr che veniva incenerito dal blaze. Dovette serrare gli occhi. «Se solo avessi…»

«Basta 'se'» le interruppe Stef. «**Vyr ha fatto una scelta. Ha scelto di aiutarci e di combattere contro il Guardiano. Sapeva quello a cui andava incontro.** E *soprattutto* per chi lo stava facendo».

«Il ghast» disse Trix, impallidendo.

Stef corrucciò la fronte, confuso. «No, il ghast ovviamente non c'entra niente» cominciò, ma le parole gli si incepparono in gola. Né Trix né Phere lo stavano più guardando. Si girò lentamente.

Il ghast era riemerso dalle rovine del villaggio.

L'istante dopo una palla di fuoco si schiantò a pochi metri dai ragazzi e una raffica di terra graffiò loro le gambe, le braccia e il viso. E prima ancora che potessero riprendersi, un'altra forte esplosione spalancò una voragine proprio fra Stef e Phere, che vennero spinti via dall'onda d'urto. **Un fischio assordante coprì i suoni del mondo.**

Phere scosse la testa e la voce di Trix riuscì a emergere.

«In piedi!» urlava. La ragazza afferrò Phere per le braccia e l'aiutò ad alzarsi, poi corse da Stef e fece lo stesso. «Forza! In piedi!»

Insieme si misero a correre verso le mura della città.

Il terreno accidentato e melmoso rendeva difficile la fuga, il ghast invece volava veloce verso di loro sparando palle di fuoco.

Via via che si avvicinavano, i ragazzi si resero davvero conto di quanto fossero imponenti le mura della fortificazione. Per questo non avevano visto nessuna porta: erano semplicemente troppo piccole al confronto, anche se avrebbe potuto passarci attraverso un gigante.

«Più veloci!» gridò Stef, ansimando.

Il ghast ormai li aveva quasi raggiunti.

Phere sollevò la balestra, spostò la lancetta sulla goccia argentata e la freccia incoccata divenne di diamante. Prese la mira, ma inciampò nel fango e mancò il bersaglio. Il terreno era troppo accidentato, e come se non bastasse una pioggia di palle di fuoco grandinava tutt'intorno a loro. L'ombra delle mura calò fredda sopra il terzetto, che con le sue ultime forze raggiunse uno degli imponenti portoni della città. Il legno era intagliato con scene che rappresentavano storie della Fossa e un pesante anello di ferro faceva da battiporta.

Era spalancato e i ragazzi si gettarono dentro.

Appena furono passati, i battenti iniziarono a muoversi.

10

Stef nemmeno si accorse che il portone si richiudeva lentamente alle loro spalle, imprigionandoli dall'altra parte. Né che il ghast aveva finalmente smesso di bombardarli con le sue palle di fuoco. Quello che aveva davanti, infatti, attirava tutta la sua attenzione.

Le mura della fortificazione erano state costruite proprio al confine estremo dell'anello dei Devastatori, quasi sul punto di precipitare giù, e oltre il portone una piazzetta panoramica circondata da lampioni si affacciava sul vuoto della voragine e sul livello successivo.

«È pazzesco» disse Phere, affiancandolo.

«Perché gli Architetti *sono* dei pazzi» intervenne Trix.

Da lassù, la Città di Dite appariva in tutta la sua grandiosa eccentricità: i quartieri, i giardini, gli edifici... era come se mille mondi totalmente diversi l'uno dall'altro si fossero scontrati tra loro, mescolandosi in una metropoli impossibile. Sotto il loro naso palazzi venivano abbattuti e ricostruiti in pochi istanti, strade cambiavano direzione, e ogni elemento superava in stranezza quello a fianco.

Stef scollò a fatica lo sguardo per rivolgersi a Trix, che da una tasca dei pantaloni aveva estratto il suo quadernino e stava annotando frenetica tutto quello che vedeva. «Hai parlato di Architetti...»

Trix annuì senza smettere di scrivere. «Architetti, sì. Non ne so tantissimo, ma è uno dei pochi anelli di cui, be', sono riuscita effettivamente a raccogliere qualche informazione. Se avessi saputo dei Devastatori io non...» La matita si fermò per un attimo sul foglio, poi riprese. **«Avete notato che ultimamente su *Minecraft* non compaiono più mondi strani? Intendo davvero, davvero strani».**

Stef e Phere ci pensarono e alla fine annuirono.

«Questo perché il Guardiano ha rapito tutti i giocatori, ecco, particolarmente creativi: gli Archi-

tetti. Quelli la cui ossessione è costruire mondi come, be', come questo» concluse, indicando la città.

In quel momento un grattacielo dalle pareti d'acqua, con tanto di squali che sguazzavano nei mattoni, si erse sopra i tetti. Sopravvisse un paio di secondi, prima di essere abbattuto e sostituito da un tempio greco fatto d'oro massiccio con luci stroboscopiche sul soffitto.

«E ci sono ghast o blaze?» domandò Phere, sfiorando

istintivamente la balestra che ora portava in spalla. Stef invece si era legato alla cintura una spada di diamante trovata nello zaino di Vyr, insieme a diverse bombe. «O altri mostri simili? Giusto per sapere».

Trix ripose il suo quadernino. «Non credo».

Dalla piazzetta, una scala scendeva verso la città.

Ma definirla scala, forse, non era del tutto corretto. Alcuni gradini erano talmente alti che i ragazzi dovettero aiutarsi a vicenda per calarsi di sotto, altri invece erano elastici, fatti di vapore o ricoperti di stoffa. Phere rimase incantata per diverso tempo davanti a quelli forgiati nei diamanti. In alcuni punti, poi, si avvolgevano su se stessi a formare una scala a chiocciola o improvvisamente si assottigliavano in una a pioli. L'ultimo tratto si trasformava in uno scivolo multicolore e quando finalmente furono fuori, avevano raggiunto la città.

O meglio, un giardino giapponese circondato da palazzi.

«E adesso da che parte si va?» chiese Stef.

Phere rivolse un'occhiata a Trix, che si strinse nelle spalle. «Ve l'ho detto che gli Architetti sono un po' pazzi...»

In mezzo ai ciliegi in fiore, agli aceri dalle foglie rosse e ai verdi cespugli sferici, ponticelli di legno dall'aria antica si diramavano in varie direzioni. Al centro del parco si allargava un laghetto con carpe e ninfee. Uno dei sentieri terminava la sua corsa al settimo piano di un palazzo di mattoni che Stef era sicuro di aver visto in qualche film ambientato a New York. Un altro si avvitava su se stesso fino a raggiungere le colonne d'ingresso di un tempio buddista costruito su una collina rocciosa. Un terzo saliva quasi in verticale per poi buttarsi in picchiata in una galleria sotterranea nascosta fra gli alberi.

Phere s'irrigidì, mentre Cerbero rizzava le testoline.

«Che succede?» le chiese Stef, la mano già alla spada.

«Voi non l'avete sentita?» domandò lei, le orecchie tese. Trix e il ragazzo fecero segno di no. «Mi è parso di sentire una risata». I tre rimasero in ascolto per qualche istante.

«No, niente» dovette ammettere Phere alla fine.

Anche Cerbero si era messo a giocare con una farfalla.

«Meglio se andiamo, allora» disse Stef, incamminandosi.

Decisero di ignorare i ponti e di uscire dal giardino attraverso un cancello laterale. Si ritrovarono in un sentiero di terra rossa, costeggiato da bassi edifici di legno che avrebbero potuto ricordare quelli del Far West, se solo non fossero stati costruiti a rovescio, appoggiandosi sui tetti spioventi, con le fondamenta per aria. Un rotolacampo tagliò loro la strada e la porta di un saloon cigolò sui cardini. Il sentiero proseguiva sempre dritto e arrivati al termine…

«Aspetta un attimo» disse Trix a bocca spalancata.

«Non può essere!» esclamò Phere.

Anche Stef scosse la testa. «Siamo sempre andati avanti».

Eppure erano tornati al punto di partenza: il giardino giapponese con gli alberi di ciliegio in fiore, i ponti dall'aria antica e il laghetto centrale. Cerbero tornò a dare la caccia alla stessa farfalla, mentre i ragazzi discutevano fra loro di quanto era appena successo.

«Proviamo di là» propose Phere.

Si incamminarono lungo l'argine ben curato del laghetto di carpe fino alla graziosa palizzata di legno che delineava il confine del parco. Al di là del cancello c'era una piazza di cemento circondata solo dal cielo e quando i ragazzi si affacciarono al suo parapetto videro, un centinaio di metri più in basso, una strada trafficata. In qualche modo incomprensibile avevano raggiunto il tetto di un grattacielo.

«Il sentiero era in piano» osservò Stef, tentando di capire com'era possibile ritrovarsi in cima a un palazzo senza aver affrontato alcuna salita. «Forse, se lo spazio si piegasse su se stesso e…»

«Di nuovo!» esclamò Phere. «La risata!»

«Forse l'ho sentita anch'io» disse Trix.

«Io no» sbuffò Stef, che trovava davvero irritante essere interrotto nel mezzo di un ragionamento. «E poi non c'è nessuno, qua».

«Forse è invisibile» rabbrividì Phere, «come il Guardiano».

I ragazzi si compattarono, improvvisamente guardinghi. Stef impugnò la spada e Phere la balestra. Spalla contro spalla, perlustrarono il tetto, ma erano davvero da soli, lassù. **Poco oltre, un ponte di corde tibetano collegava il loro grattacielo ai merli di una torre medievale.** Stef vi appoggiò sopra un piede, tastandone la solidità.

Le assi di legno scricchiolarono senza cedere.

«Non è difficile» mormorò fra sé, avanzando.

Un centinaio di metri sotto di lui un taxi bloccato a un semaforo suonò il clacson con rabbia e Stef guardò in basso. Un sapore amaro gli impastò la bocca e il ragazzo dovette tenersi ben stretto alle corde per resistere alla tentazione di tornare subito indietro.

«Non sarà questo a fermarci» si disse.

Erano sopravvissuti alle tre belve nella selva oscura, al salto nel vuoto del primo precipizio, alla carica degli Indecisi e alla zattera di Caronte che piombava giù dalla cascata dell'Acheronte. E poi c'erano stati i giganti nel livello dei Golosi, la sfida di parkour nell'arena dei Nabbi e il brutale combattimento con il blaze e il ghast. La morte di Vyr. **Quello era il quinto anello della Fossa. Ne restavano solo altri tre prima di raggiungere il fondo e affrontare il Guardiano.**

Stef avanzò ancora e si girò verso le ragazze.

«Sicurissimo» disse, incoraggiante.

Phere lo seguì con in braccio Cerbero, che spaventato dall'altezza si rifiutava di procedere oltre. Dietro di lei, Trix sussultava a ogni soffio di vento che faceva vibrare l'intera struttura del ponte.

Uno stormo di pesci volanti passò loro in mezzo.

«Vorrei sapere chi l'ha pensata» sbottò Phere, rannicchiandosi e proteggendosi la testa con le braccia. **«Un ponte di corde, sospeso fra due grattacieli, infestato da salmoni con le ali!»**

«Gli Architetti sono…» cominciò Trix.

«Pazzi, sì, l'ho capito» tagliò corto Phere.

Con un ultimo sforzo, i ragazzi raggiunsero i merli squadrati della torre medievale. Stef sollevò una pesante botola di legno e da lì i tre si calarono in una stanza circolare dalle pareti di pietra. Un letto a baldacchino era posto davanti a un camino dal fuoco scoppiettante, le coperte appallottolate come se qualcuno si fosse alzato da poco. Eppure, da quando erano lì, non avevano incontrato un'anima.

«Magari vive qui, la persona che rideva» disse Phere, avvicinandosi al letto. Cerbero saltò sul materasso e si infilò sotto le lenzuola. Quando ne uscì, una delle tre teste stringeva delicatamente fra i denti un peluche a forma di coniglio che lasciò ai piedi della ragazza. Phere lo raccolse e lo mise sul cuscino. «Molto strano».

«Io non l'ho sentita» disse Stef, scettico, continuando a perlustrare la stanza. Sospirò. «E comunque qui non ci sono porte, o botole...» Appoggiò l'orecchio al pavimento e vi batté il pugno un paio di volte, ascoltandone il suono. «È un vicolo cieco. Il resto della torre è come un unico blocco di pietra».

Trix sbiancò, smettendo di prendere annotazioni sul suo quadernino. «Ma questo significa... un'altra volta il ponte tibetano no!»

«Forse c'è un modo per evitarlo» mormorò Stef. Si sfilò dalla cintura una delle bombe che aveva preso dallo zaino di Vyr e l'appoggiò al centro del pavimento di pietra. «Svelte! Al riparo!»

I ragazzi saltarono dietro al letto a baldacchino mentre la scatolina detonava. Non ci fu però nessun boato e quando fecero di nuovo capolino, un buco perfettamente quadrato si era aperto al suolo. Stef si avvicinò e invitò le ragazze a fare altrettanto.

«Ta-taaan» disse, tutto orgoglioso.

La bomba era come sprofondata nel pavimento, alla maniera di un cubetto di ferro arroventato su una lastra di ghiaccio. Sotto di sé aveva scavato un tunnel verticale nella roccia che formava il corpo della torre, giù fino al pianoterra. Phere strinse gli occhi per vedere meglio. Il fondo era illuminato da una bella luce naturale.

«Ci deve essere una stanza» osservò, dubbiosa.

«Non vorrete mica saltare, vero?» domandò Trix.

«In effetti siamo parecchio in alto» disse Phere.

«Non ho ancora finito» replicò Stef, gli occhi che brillavano mentre si sfilava dalla cintura una seconda scatolina, stavolta color pisello. Se la rigirò fra le dita come un prestigiatore. «Bomba slime».

La lasciò cadere nel buco e quando esplose un lampo verdastro illuminò l'interno del tunnel. Sul fondo della galleria si materializzò un tappeto molliccio di gelatina, che avrebbe attutito la caduta.

«Sei un genio» disse Phere, baciandolo sulla guancia.

L'attimo dopo si era buttata nel tunnel verticale con un urletto divertito. Arrivata in fondo, ribalzò sul cubo di slime e scomparve alla vista. Stef porse allora la mano a Trix e l'accompagnò fino al bordo della galleria. La ragazza deglutì, mordicchiandosi le labbra. «E va bene» sospirò alla fine, saltando.

Dopo che anche lei fu sparita, Stef si lasciò cadere e una volta sul fondo il cubo molliccio di slime lo fece rimbalzare in avanti. Atterrò in piedi, la mano istintivamente sull'elsa della spada. Ma non c'era nessun pericolo in vista, solo una stanza completamente vuota. La porta alla base della torre era aperta e Stef si affrettò a uscire.

Un moto di rabbia gli strinse lo stomaco. «Non può essere» sibilò a denti stretti.

Alberi di ciliegio, aceri dalle foglie rosse, verdi cespugli sferici e una decina di ponticelli. Erano di nuovo nel giardino giapponese.

«Questo posto è un incubo» sbuffò.

Nessuno però gli rispose. Solo in quel momento il ragazzo si rese conto che né Phere né Trix erano nel giardino.

Una risata leggera echeggiò tra gli alberi.

Stef si girò di scatto. «Tu chi sei?»

11

Stef arrossì senza alcun motivo.

O forse perché si era aspettato tutto, tranne quello.

La ragazza era seduta su una panchina di pietra, sotto un ciliegio in fiore, e indossava un delicato kimono bianco ricamato con una cascata di petali rosa. Il viso pallido a forma di cuore era messo in risalto dalla lunga chioma di capelli neri che le arrivava fino alla vita, le labbra erano rosse proprio come due ciliegie. Sulle gambe teneva il peluche a forma di coniglio trovato da Cerbero nella torre.

«Sei un'Architetta?» chiese Stef, la mano sulla spada.

La ragazza annuì. «Mi chiamo Annika».

Stef evitò di presentarsi. Phere e Trix erano scomparse e non sapeva se poteva fidarsi. «Hai creato tu questo posto?»

Annika inclinò la testa di lato. «Certo».

«Molto, molto bello» disse Stef, sorridendo nel tentativo di apparire rilassato. «E per caso sai anche dove sono finite le mie amiche? Una ha i capelli rosa, lunghi. L'altra è vestita da panda…»

La ragazza sorrise con le labbra, ma non con gli occhi. Il suo tono, si rese conto Stef, era astioso. «Hai aperto un buco nella mia torre» disse, ignorando completamente la domanda.

«E tu ci hai intrappolato qui» ribatté irritato lui.

«Io!» sbottò Annika indignata, scattando in piedi in un fruscio di seta. Senza aspettarlo si diresse a passi veloci lungo uno dei sentieri di ghiaia. «*Io* sono quella imprigionata! E secondo te cosa dovrei fare per passare il tempo? Chiudermi in una stanza grigia?»

Al suo passaggio, gli alberi lungo il viale sbocciavano in grandi fiori multicolore, le carpe nel laghetto saltavano fuori dall'acqua e piroettavano in strane coreografie. Era uno spettacolo magnifico e Stef per un attimo rimase a bocca aperta ad ammirarlo.

Poi Annika fece dietrofront e gli puntò un dito al petto.

«Questa è casa mia» disse, «e voi siete ospiti non invitati. Ospiti che fanno danni, tra l'altro. Non è colpa mia se vi siete cacciati nei guai scorrazzando nel mio giardino senza conoscerne le regole».

«Però ci hai seguito, ti abbiamo sentito» ribatté Stef e stavolta fu la ragazza ad arrossire. «E se non vuoi più stare qua, dovresti aiutarmi, perché il nostro obiettivo è fermare il Guardiano».

Come Vyr la prima volta, Annika scoppiò a ridere, solo che la sua risata era armoniosa e cristallina, come quella di una ninfa. Stef dovette distogliere lo sguardo per ritrovare la concentrazione.

«Sono serio» disse, piccato, fissando un sassolino.

«Oh, ci credo, e anche stupido, se pensi che bastino quelle» Annika indicò la spada di diamante e le bombe che indossava alla cintura, «per sconfiggere un essere potente come il Guardiano».

Stef si costrinse a sorridere. «Pensala come vuoi» disse, deciso a chiudere la discussione una volta per tutte, «ma se hai fatto del male alle mie amiche sono sicuro che questa spada e queste bombe basteranno per affettare *te* e radere al suolo il tuo bel giardino, che dici?»

La ragazza alzò gli occhi al cielo, per nulla impressionata da quelle minacce. «Ok, ok, non c'è bisogno di scaldarsi. Ti posso portare da loro, va bene? Non sei nemmeno simpatico».

«Non sono qui per esserlo» ribatté lui.

Insieme tornarono nella stanza alla base della torre.

Annika guardò disgustata il cubo molliccio di slime e lo fece sparire con un gesto impaziente della mano, poi sollevò il braccio verso il soffitto e mosse velocemente le dita in una specie di danza. Le pietre grigie furono attraversate da un'onda, come il pelo di un gatto che si stiracchi. Divennero bianche e liquide, ma invece che colare giù si avvicinarono fra loro fino a coprire l'imboccatura del tunnel creato da Stef con la sua bomba. L'attimo dopo il liquido era ritornato al suo aspetto originale di pietra: il soffitto, ora, era privo di buchi. Stef aprì e chiuse le palpebre un paio di volte, indeciso su quanto aveva visto.

Lo sbattere della porta lo fece sussultare.

«Andiamo» disse Annika, nonostante li avesse appena rinchiusi in una stanza senza altre vie di uscita. La luce entrava da una serie di feritoie poste in alto nella parete e nella penombra lei cominciò a battere nervosamente il piede, evidentemente in attesa.

«Cosa...» cominciò Stef.

La ombre nella stanza cambiarono, come se il sole si stesse muovendo nel cielo molto velocemente. O se la base della torre...

«Ruota!» esclamò il ragazzo, sgranando gli occhi.

«Esatto» confermò Annika. «Ogni volta che qualcuno usa la porta, la torre ruota su se stessa e si apre su un punto diverso della città. Così posso spostarmi con facilità fra le mie creazioni. Ed è l'unico modo per lasciare il giardino. Modestamente, un'idea geniale».

«Modestamente?» la pungolò Stef.

Annika lo ignorò e spalancò di nuovo la porta. Un vento gelido carico di neve soffiò dentro la stanza. Stef fece in tempo a vedere il picco ghiacciato di un monte, prima che la ragazza la richiudesse.

«No, non qui» disse e Stef tirò un sospiro di sollievo.

Di nuovo la luce nella stanza cambiò intensità mentre la torre ruotava. Stavolta la porta si aprì su una spiaggia tropicale con la sabbia bianca e l'acqua azzurra. Un'amaca era tirata fra due palme.

«Per quando ho voglia di fare un tuffo» spiegò Annika.

«Altro che prigione...» commentò Stef.

Con una smorfia la ragazza tornò a serrare il battente. Il pavimento della torre vibrava leggermente durante gli spostamenti.

La luce si affievolì, diventando più calda.

«Le tue amiche sono qui» disse Annika.

Stef sgranò gli occhi mentre entravano in un maestoso salone di marmo bianco e nero. Se il giardino giapponese gli era parso un labirinto di ponti, quel posto era davvero pazzesco. Annika gli rivolse un sorriso di trionfo, chiaramente orgogliosa della sua creazione. E Stef non poteva di certo darle torto: era magnifico. **Scale si arrampicavano in tutte le direzioni e su tutte le pareti, compreso il soffitto. Porte si aprivano in tutte le direzioni, compreso il soffitto.**

E proprio sul soffitto, seduta a testa in giù con il mento fra le mani e i capelli rosa che calavano verso il basso, c'era Phere. Cerbero le si era accucciato fra le gambe e quando vide Stef le tre teste abbaiarono felici. Phere saltò in piedi con un urlo di gioia.

«Stef! Meno male!» disse, poi notò Annika e il suo sguardo si fece sospettoso. Incrociò le braccia al petto. «E tu chi saresti?»

«Annika» la presentò Stef, visto che lei non sembrava intenzionata a rispondere. «Un'Architetta. Trix?»

«Sono qui» disse timidamente la nabba. Era in piedi su una scala costruita in diagonale, in posizione perpendicolare rispetto a dove si trovava Stef. «Stavo cercando di raggiungere Phere, ma, ecco, non sta andando molto bene» sospirò. **«Ormai è almeno un'ora che giro in tondo e faccio gradini senza arrivare da nessuna parte».**

Stef studiò la stanza. «Hai provato di là?»

Trix guardò la porta che gli stava indicando. «Sì».

«E quella scala? Sembra proprio andare…»

«Le abbiamo provate tutte» sbottò Phere.

«Allora vengo io da voi» concluse il ragazzo.

Annika però lo bloccò per un braccio. Aveva ripreso a battere il piede con impazienza. «Ti perderesti e basta. L'unico modo è saltare, e vi ritroverete a cadere verso il basso, è così che funziona».

I tre ragazzi la fissarono, uno più perplesso dell'altro.

«Eh certo. Come ho fatto a non pensarci» disse Phere, colpendosi platealmente la fronte con una mano. **«Saltare verso l'alto, per cadere verso il basso. Ha proprio molto senso... per suicidarsi».**

«Oh, ma gli Architetti sono pazzi» ribadì Trix, lanciando poi uno sguardo imbarazzato verso Annika. «Senza offesa».

La ragazza si strinse nelle spalle, indifferente.

Non c'erano molte alternative, se non quella di fidarsi. Phere prese in braccio Cerbero e se lo infilò sotto le bretelle.

«Al mio tre» disse Stef. «Uno, due... tre!»

I ragazzi spiccarono il balzo insieme, da tre direzioni diverse, e a ognuno parve di fare un normale salto verso l'alto, ma a metà strada la gravità ebbe come un ripensamento e si ritrovarono a fluttuare al centro dell'immenso salone di marmo. In aria, Phere allungò un braccio verso Stef e uno verso Trix così da formare un girotondo.

«E adesso?» chiese Stef, cercando sotto di sé Annika.

La ragazza però lo ignorò, incrociando le braccia al petto. «Davvero volete fermare il Guardiano e distruggere la Fossa?»

«Per la millesima volta: sì!» sbottò Phere.

Annika si mordicchiò le labbra. «E le mie creazioni?»

«Hai detto che questo posto è una prigione» ribatté Stef, un brivido che gli attraversava la schiena. E se Annika non li avesse lasciati andare, tenendoli prigionieri lì per sempre? Deglutì, pensando in fretta a come proseguire il discorso. «Non vuoi uscire di qua? Essere *davvero* libera di creare quello che ti pare, quando ti pare?»

«Sì, ma... un po' mi mancherà lo stesso».

Annika lanciò una lunga occhiata al salone, poi eseguì un complicato movimento della mano, quasi stesse suonando un'arpa invisibile. A quel comando, un corridoio si staccò da una parete e si piegò su se stesso come un foglio di carta, fino a raggiungere i ragazzi.

«Vi condurrà fino al confine dell'anello» disse la giocatrice e senza salutare s'infilò nella porta della torre, lasciandoli da soli.

«Grazie» mormorò Stef, ritrovando l'equilibrio.

«Tipa strana» disse Phere, liberando Cerbero.

Trix prese il suo quadernino, gli occhi che le brillavano per la curiosità mentre scrutava il corridoio. «Ci fidiamo?»

Stef e Phere annuirono, precedendola.

Per molto tempo l'eco dei loro passi fu l'unico rumore che sentirono nel palazzo, finché le note dolci di un'antica canzone emersero dal silenzio. Di fianco a una porta dorata, la puntina di un grammofono grattava il disco nero di un vinile. Un signore anziano ballava da solo su quella melodia, gli occhi chiusi e le mani protese a stringere una compagna invisibile, fatta d'aria e immaginazione.

Phere si schiarì la voce. «Ehm, scusi…»

Il signore trasalì, fermandosi. «Oh, siete voi».

Solo allora i ragazzi notarono la voglia a forma di luna che aveva sulla guancia, appena visibile nella fitta rete di rughe del viso.

«Caronte, certo» disse Stef.

Caronte sorrise, rassettandosi i capelli bianchi e producendosi in un goffo inchino. «Sempre al vostro servizio, pure con i reumatismi e il mal di schiena. Ma dov'è il ragazzo con il mantello rosso?»

A Stef si serrò la gola e strinse la bretella dello zaino.

«Capisco» sussurrò dolcemente Caronte. «La Fossa esige sempre un sacrificio. Nonostante questo, immagino vogliate proseguire nella vostra discesa». Appoggiò la mano sulla maniglia della porta dorata, socchiudendola appena. «Vi devo avvertire, però: se fino a questo anello era ancora possibile risalire, una volta attraversata questa soglia non lo sarà più. Potrete solo continuare a scendere e andare incontro al vostro destino, qualsiasi esso sia».

I ragazzi si scambiarono uno sguardo serio.

«Siete sicuri?» chiese Caronte, solenne.

Stef e Phere si presero per mano.

«Sì» risposero all'unisono.

Anche Trix annuì. «Per Vyr, sì».

«Allora il nostro è un addio» disse Caronte accarezzando

con aria triste la maniglia. «Io non posso andare oltre questo punto, il mio ruolo di Custode dei Passaggi e delle Porte termina qui. E se davvero sconfiggerete il Guardiano, andrò distrutto insieme al resto della Fossa. Mentre se sarà lui a vincere, sarete voi a scomparire…»

Caronte spalancò del tutto la porta dorata.

Al di là, una scala scendeva verso le tenebre.

12

La porta dorata si chiuse lentamente, oscurando la fievole luce bianca che aveva rischiarato le scale. Avvolta dalle tenebre, Phere sentì prima il rumore di una cerniera che veniva aperta, poi il suono di un accendino che entrava in azione. L'attimo dopo, Stef teneva sopra la testa una fiaccola, lo zaino di Vyr stretto contro il petto.

Alle loro spalle, la porta si era fusa con la parete, trasformandosi in un'unica lastra senza più maniglia, liscia come uno specchio.

Phere ne sfiorò la superficie con la punta delle dita.

«Ora non si torna più indietro» disse.

«Ripensamenti?» le chiese Stef.

La ragazza scosse la testa. «Nemmeno uno».

Le sue parole echeggiarono fino a diventare un lontano bisbiglio e un soffio di vento fece tremare la fiamma della torcia. Stef spinse la fiaccola davanti a sé, illuminando le pareti di pietra e la scala.

«Tu sai che c'è là sotto?» chiese a Trix.

«Non proprio» rispose lei, sistemandosi gli occhiali sul naso e studiando l'oscurità come se potesse parlarle. «So solo che, incluso questo, ci sono altri tre anelli prima del fondo, ma il resto è un mistero. E il fondo della Fossa è, ecco... un luogo senza ritorno». Si avvicinò alla parete e con un'unghia grattò via un minuscolo pezzetto di muschio. «Credo che questi siano i sotterranei della Città di Dite».

«Che bella notizia» sospirò Phere, appoggiandosi la pesante balestra di Vyr sulla spalla. «Meglio essere pronti, da qui in avanti».

Anche Stef si sfilò la spada di diamante dalla cintura.

«Sei sicura di non volere un'arma?» domandò a Trix.

La ragazza fece segno di no, arrossendo dentro al cappuccio con le orecchie da panda. «Rischio di ferire uno di voi due, fidatevi. O di inciampare e uccidermi da sola. È già successo».

«Allora andiamo» disse Stef, aprendo la strada.

La scala proseguiva verso il basso, i gradini chiazzati di una scivolosa muffa nera. Dal soffitto sgocciolava acqua fredda e maleodorante, che riusciva sempre a colpire i ragazzi sul collo e a infilarsi sotto i vestiti. Ogni trentatré gradini, un grosso ratto tagliava loro la strada. La prima volta che era successo, Trix aveva urlato e d'istinto Phere aveva centrato il topo con una freccia prima che Cerbero lo azzannasse. Ma la seconda volta che la scena si era ripetuta, la terza, la quarta... i ragazzi, e persino il cagnolino, avevano perso ogni interesse. Avevano invece iniziato a far caso agli elementi duplicati. Dopo cinque gradini dal passaggio del ratto dovevano sempre saltare una pozza d'acqua stagnante, poi c'era una macchia di muffa a forma di teschio. Da lì si ricominciava da capo.

«Sembra che il Guardiano non avesse molta voglia di creare questo posto» disse Phere, mentre Trix si annotava frenetica tutto sul suo quadernino. «Ha copiato e incollato lo stesso tratto...»

«Speriamo almeno che non si sia dimenticato di mettere l'uscita» borbottò Stef. In cima alla fila, aveva iniziato a domandarsi se la scala fosse opera di Annika e se, dopo tutte quelle ore di cammino, sarebbero sbucati di nuovo fra i ciliegi del giardino giapponese.

Poco dopo, invece, raggiunsero una polverosa stanza circolare da cui si diramavano diversi corridoi, identici gli uni agli altri.

Stef sollevò la spada, mentre Phere lo affiancava con la balestra. Ogni corridoio era costellato di porte di ferro con una finestrella all'altezza degli occhi, e da ognuna veniva un mormorio sommesso. In punta di piedi, i ragazzi si addossarono a quella più vicina.

I sussurri diventarono un po' più forti.

«Non… util… la… Non… util… com…»

Sbirciarono allora dalla finestrella e subito, a quella vista, Phere afferrò la maniglia della porta per cercare d'aprirla. Stef però le appoggiò una mano sulla spalla e scosse la testa. Lei lasciò la presa.

«Una prigione» mormorò Trix, passando lo sguardo vuoto sulle centinaia di porte ferrate che tappezzavano i corridoi.

Al di là di ognuna, infatti, si trovava una cella.

E dentro ogni cella c'era un giocatore. Phere tornò ad affacciarsi alla finestrella. La ragazza imprigionata all'interno era inginocchiata come in preghiera, la testa rivolta verso l'alto e gli occhi completamente bianchi. Teneva le mani abbandonate sulle gambe, le braccia intrappolate contro il corpo da numerosi giri di una pesante catena ancorata alla parete. Solo che non era una *normale* catena.

Stef strinse gli occhi per riuscire a vederla meglio, avvicinando la torcia alla finestrella per rischiarare la penombra della cella.

No, gli anelli della catena non erano di ferro.

«Parole» disse, alla fine. «Sono fatti di parole».

«*Ssst*» lo azzittì Phere, al suo fianco, le orecchie tese.

Solo in quel momento il ragazzo riuscì a distinguere il sommesso mormorio che usciva dalle labbra screpolate della prigioniera. Due frasi ripetute ancora e ancora, all'infinito, come un mantra.

«Non devo utilizzare la creativa. Non devo utilizzare i comandi. Non devo utilizzare la creativa. Non devo utilizzare i comandi...»

«È una cheater» disse Trix con un filo di voce, infilando la faccia nel pelo grigio di Cerbero, stretto fra le sue braccia. «Lo sono tutti. Giocatori che usano trucchetti e comandi speciali per ottenere dei vantaggi, tipo aprire delle scorciatoie nelle mappe, o potenziare le loro armi in modo da poter vincere più facilmente».

Stef tornò a studiare le ragazza imprigionata nella cella e le catene che la legavano. Ora capiva. «Le parole che compongono gli anelli sono le regole di *Minecraft*, quelle a cui avrebbero dovuto sottostare come giocatori, ma che invece hanno deciso di violare barando».

«Esatto» disse Trix. «Immagino che sia…»

In quel momento Cerbero rizzò le orecchie e con un guaito saltò giù dalle sue braccia. Una volta a terra, il cagnolino annusò l'aria con le sue tre teste e trovata una direzione si lanciò lungo uno dei corridoi. I ragazzi si scambiarono uno sguardo stupito e senza esitare gli corsero dietro. Lo ritrovarono davanti a una delle tante porte di ferro, mentre con le unghie raspava il metallo e il pavimento di pietra.

Di nuovo, si avvicinarono alla finestrella.

Lo stomaco di Stef si contorse per la rabbia, Phere, invece, sussultò. Perché dentro alla cella c'era Vyr, le catene che lo bloccavano a terra e gli occhi verdi smeraldo diventati bianchi.

Stavolta fu Trix ad afferrare la maniglia della porta, tirando con tutte le sue forze.

Alla fine, stremata, dovette lasciarla andare.

«Dobbiamo l-liberarlo» balbettò.

Stef annuì e infilò subito un braccio nello zaino. Vyr era un cheater e qualsiasi cheater che si rispetti portava sempre con sé....

«Eccolo!» esultò, con il kit da scassinatore in mano.

Si chinò sulla serratura, imprecando a denti stretti mentre lavorava con gli attrezzi. Il meccanismo cedette con uno schiocco metallico e la porta si aprì. I ragazzi si infilarono dentro e mentre Trix abbracciava Vyr, Stef e Phere afferrarono la catena che lo imprigionava al muro.

Non c'erano lucchetti o manette da poter forzare, così provarono a spezzarla combinando i fendenti della spada con le frecce di diamante della balestra, le armi più resistenti in loro possesso.

Ma gli anelli di parole vibrarono senza scalfirsi.

«Altre soluzioni?» chiese Phere accigliata.

Stef passò lo sguardo da lei a Trix e poi a Vyr, la mente d'un tratto vuota. Perché la verità era una, e stava a lui dirla ad alta voce.

«Non ci sono» mormorò alla fine, lasciandosi cadere di fianco all'amico. « Non possiamo liberarlo. Il Guardiano ha vinto».

«Ma noi...» cominciò Phere.

«Non ci sono» ripeté Stef, brusco.

Trix aveva preso delicatamente il viso di Vyr fra le mani e lo aveva piegato verso il suo, in modo che potesse guardarla negli occhi, anche se quelli del ragazzo erano completamente bianchi e vuoti.

«Sono io, Vyr» gli stava sussurrando, la voce rotta. «Devi sentirmi. E devi svegliarti. Non lasciare che queste stupide regole ti facciano il lavaggio del cervello. Tu sei… più delle regole. Tu…»

Sulla soglia della cella, Cerbero abbaiò.

«Non ora» gli mormorò Phere, ma il cagnolino le morse uno stivale, costringendola a seguirlo fino alla porta. «Cosa…?»

Dal corridoio veniva un rumore di passi.

Phere allora sbirciò fuori e subito si ritrasse, il cuore che batteva impazzito nel petto. In silenzio richiuse l'uscio e prima che Stef potesse chiederle cosa stesse succedendo, gli fece cenno di tacere e nascondersi. Senza esitare, Stef trascinò Trix lontano da Vyr e i tre ragazzi si appiattirono contro lo stesso muro della porta.

Da fuori, la finestrella venne aperta.

Un teschio nero si affacciò nella cella, le orbite degli occhi vuote e cattive. Perlustrò per un lungo momento la stanza, poi tornò ad allontanarsi. Dalla finestrella lasciata aperta i ragazzi lo videro proseguire lungo il corridoio insieme a una pattuglia di altre sei creature.

«Wither skeleton» mimò Phere con le labbra.

«Andiamocene» le rispose Stef. «Subito».

«Io resto» mormorò invece Trix, avvicinandosi di nuovo a Vyr. «Non posso lasciarlo qui. Troverò un modo per liberarlo e...»

«Se resti qui, l'unica cosa che otterrai è di essere uccisa» la interruppe Phere, mentre Stef socchiudeva la porta e controllava il corridoio. «E allora tornerai dritta nell'anello dei Nabbi e da lì non potrai aiutare proprio nessuno. Ci servi, Trix. E il solo modo per liberare Vyr, ora, è sconfiggere il Guardiano, lo sai meglio di me».

Trix aprì la bocca, poi la richiuse, esitando. Lanciò uno sguardo a Vyr, mordicchiandosi frustrata le labbra. «Lui è...»

«Lo salveremo» insistette Phere, fissandola negli occhi. E nel suo sguardo non c'era nessuna esitazione. «Te lo giuro».

Trix allora si asciugò le lacrime. «O-ok».

«Via libera» disse nel frattempo Stef.

Il terzetto sgusciò fuori dalla cella con il cuore pesante e percorse il corridoio con le armi in mano, le orecchie tese a cogliere ogni rumore. Cerbero apriva la strada annusando prudentemente l'aria.

I passi degli scheletri neri echeggiavano ovunque.

I ragazzi raggiunsero in punta di piedi un secondo spiazzo circolare, disorientati. Era privo di uscite, a eccezione del loro corridoio.

«Un vicolo cieco» disse Stef, imprecando.

La fiamma della torcia iniziava ad affievolirsi e le ombre lungo le pareti ad allungarsi. E fu proprio dalle ombre che li circondavano che emersero gli scheletri, come forgiati dalle mura stesse della prigione.

E ognuno brandiva una spada di pietra nera.

Stef ne abbatté un paio con la sua lama, Phere che gli copriva le spalle con la sua balestra. Trix schivò un fendente e Cerbero si precipitò da lei, mordendo qualsiasi osso si avvicinasse troppo. Solo che, per quante creature i ragazzi uccidessero, altre continuavano a emergere dalle ombre nelle pareti, materializzandosi dal nulla.

«Ho finito le frecce» urlò Phere.

Uno scheletro la puntò e Stef gli bloccò la strada, affondando la lama di diamante nelle ossa nere. La spada, però, indebolita dai troppi combattimenti, andò in pezzi. Il ragazzo saltò indietro, aprendo immediatamente lo zaino in cerca di un'altra arma. Contro le spade di pietra degli skeleton c'era ben poco che potesse resistere.

Poi Trix lo afferrò per un braccio, indicandogli qualcosa. In fondo allo spiazzo sotterraneo, le pietre del muro erano slittate le une sulle altre aprendo un varco. Un ragazzo e una ragazza, coperti di fuliggine grigia, stavano sulla soglia, illuminati da lanterne a gas.

«Forza, entrate!» disse il maschio.

I tre non se lo fecero ripetere.

13

Il varco nel muro si richiuse alle loro spalle come una ghigliottina di pietra, mozzando il braccio a uno scheletro. Il moncherino si rizzò sulle dita ossute e tentò di agguantare Cerbero, ma Stef lo calciò via.

«Grazie» ansimò Trix, alla volta del ragazzo e della ragazza con le lanterne. La parola però suonò quasi come una domanda.

I due, infatti, erano uno spettacolo alquanto insolito. Indossavano vestiti cuciti a mano, in un intreccio di stoffe e trame di gusto discutibile, ed erano ricoperti dalla testa ai piedi da una densa polvere grigia che li rendeva quasi invisibili contro le pareti della prigione. Sotto quello strato di sporco avevano i capelli rossi, gli occhi di entrambi della stessa strana, inquietante, tonalità violacea.

Phere puntò loro contro la balestra.

«Siete giocatori?» domandò Stef.

«Cercatori, piuttosto» lo corresse il maschio della coppia, studiandoli con un po' troppa attenzione. «I fratelli Darrel e Fortune. E a quanto pare oggi siamo incappati proprio in uno strano bottino».

Fortune annuì, illuminando il gruppetto con la sua lanterna da minatrice. Phere notò che aveva le mani martoriate da una rete di frastagliate cicatrici bianche, e che a quella sinistra mancava l'ultima falange del mignolo.

«Vediamo» disse Fortune, spostando la lanterna da Stef a Phere a Trix, «un tizio con una spada rotta, una sciocca con una balestra priva di frecce, una senza nemmeno un'arma e... un grazioso cagnolino a tre teste?» Si chinò, allungando una mano verso Cerbero, che subito si ritrasse abbaiandole contro. Fortune tornò ad alzarsi, indifferente. «Mi chiedo come abbiate fatto ad arrivare fin qui».

«La balestra però è preziosa» disse Darrel, indicando con il mento lo zaino di Vyr, «e magari hanno altre armi lì dentro».

In risposta, Stef portò il piede destro dietro al sinistro, piegando leggermente le ginocchia in posizione di guardia. Al suo fianco, invece, Phere avanzò di un passo, la balestra ben salda in mano. Anche Trix assunse la sua migliore espressione minacciosa, il piccolo Cerbero che, avvertendo la tensione nell'aria, ringhiava piano.

«Non vi conviene derubarci» disse Phere.

«Potreste scoprire che non è così semplice» aggiunse Stef.

Darrel si strinse sogghignando nelle spalle. «Derubarvi, no. Ma i nostri servizi di 'salvataggio' non sono gratis. Lo vedete questo posto? L'abbiamo creato noi, e come vi abbiamo fatto entrare, possiamo sbattervi fuori all'istante».

«Creato?» ripeté Stef, senza capire.

Nella concitazione della battaglia, aveva dato per scontato di aver attraversato una porta celata nel muro e di aver raggiunto un'altra cella sotterranea della prigione, ma a ben vedere ora si trovavano in una specie di grotta artificiale. Le pareti erano un'accozzaglia di roccia, terra, mattoni e pietra tenuti insieme da una specie di viscoso liquido bianco. Stef vi si avvicinò: dentro il liquido galleggiavano delle parole, che ricordavano le catene che avevano imprigionato Vyr.

«Ora capisco» mormorò, stupito, mentre d'un tratto gli

tornava in mente Annika, che con un gesto della mano chiudeva il buco nel soffitto della torre medievale. «È il codice grezzo del gioco!»

Non lo aveva mai visto in quello stadio primitivo. Il codice era il materiale che componeva ogni cosa, nella Fossa e su *Minecraft*. Un liquido che, nelle mani giuste di un Architetto o del Guardiano, poteva trasformarsi in terra, legno o pietra. Persino aria o cielo.

«Non toccarla» disse Fortune a Trix, che si era avvicinata così tanto a una chiazza lattiginosa da rischiare di sfiorarla con il naso. «Se ti si attacca addosso, farla andar via è un macello, credimi».

«Pensavo che il Guardiano fosse l'unico a poter modificare la struttura della Fossa» continuò Stef, tenendo sott'occhio Cerbero, che si stava specchiando in una delle pozze biancastre. Il cagnolino però perse interesse e tornò ad allontanarsi.

«E invece nemmeno sospetta dell'esistenza di questo posto» ribatté Darrel, allargando le braccia e alzando il mento. «Vi trovate in uno dei pochissimi luoghi completamente sicuri della Fossa».

Stef sgranò gli occhi. «E questo significa solo una cosa».

«Il varco che si spalanca all'improvviso, l'accozzaglia insensata di materiali, le macchie di codice grezzo…» elencò Phere con le dita, «siamo in una scorciatoia! Un passaggio che in teoria non dovrebbe esistere, ma che avete creato forzatamente sfruttando il codice dell'ambiente perché… siete pure voi dei cheaters!»

«Lui lo è» ribatté Fortune. «Io sono…»

Trix però la scansò con una gomitata e agguantò Darrel per il bavero dello strano vestito. «Come hai fatto?! Come hai fatto a liberarti dalla tua cella di cheater? Dimmelo! Subito! Un nostro amico è stato catturato e… e…» La voce le si spezzò. «Noi… io…»

Darrel la studiò serissimo.

Stef sapeva che il ragazzo avrebbe potuto facilmente liberarsi dalla presa della piccola Trix, ma non lo fece.

«È già in catene?» le chiese invece.

«In cella, sì» rispose Phere al suo posto.

«Allora non potete più aiutarlo» continuò Darrel, mentre Trix lasciava ricadere sconfitta le braccia lungo il corpo. «Io mi sono salvato solo perché con un trucchetto non proprio, ecco, onesto, ho smaterializzato il drappello di skeleton che mi stava scortando in cella. Poi mi sono infilato nelle fessure fra i mattoni di pietra e sono scivolato nell'anello di sotto, dove vengono puniti i Ladri. Sapevo che lì avrei ritrovato la mia sorellina, e infatti Fortune mi stava già aspettando con un paio di altri amici ai suoi comandi. Ma se mi avessero messo in catene…» Il ragazzo scosse la testa. «L'unico modo di liberare il vostro amico sarebbe distruggere questo dannato posto».

«Siamo qui proprio per questo» disse Stef.

«Sul serio» si affrettò ad aggiungere Phere.

«Be', non siete gli unici» disse Darrel, lanciando uno

sguardo a Fortune, che annuì. «Venite con noi alla Corte dei Ribelli».

Trix se lo annotò sul quaderno. «Che sarebbe?»

«Casa» si limitò a dire Fortune, con un sorriso furbetto.

«La tana di tutti i giocatori che sono scappati dai loro anelli» spiegò Darrel. «Si trova di sotto, nel prossimo livello. Lì potrete decidere che cosa fare... Ma, ecco, i nostri servizi non sono gratis».

Stef strinse gli occhi. «E cosa vorreste in cambio?»

«Per ora limitiamoci a concordare che sarete in debito con noi» propose Darrel. «L'alternativa è tornare nella prigione dei cheaters e vedervela con i wither skeleton e il drago dormiente».

A Trix brillarono gli occhi. «Drago dormiente?!»

Stef e Phere, però, non condividevano il suo entusiasmo, né per il drago né per il fatto di essere in debito. In fondo chi si sarebbe fidato di un baro e di una ladra? E Darrel e Fortune avevano tutta l'aria di essere due imbroglioni di prima categoria. Phere sospirò.

«Non abbiamo scelta, vero?» chiese a Stef.

«Di nuovo, no» ammise lui, controvoglia.

«Allora è deciso» disse Darrel, sorridente. Un sorriso di cui Stef si fidava molto poco. «Da questa parte, venite!»

Fortune si incamminò verso il fondo della grotta e, tenendo la lanterna davanti a sé, rivelò l'ingresso di un tunnel ben nascosto fra i cumuli di pietre, terra e mattoni. I tre ragazzi dovettero chinarsi per seguirla all'interno, dove le pareti si restringevano ancora, costringendoli ad avanzare gattonando. A rendere la traversata più difficile, gocce di codice grezzo formavano rivoli appiccicosi sul pavimento.

«Quasi preferivo gli scheletri» mormorò Phere.

Stef dovette sfilarsi lo zaino per non farlo sfregare contro il soffitto del tunnel, Cerbero che se ne stava al riparo sotto il suo petto. Alle sue spalle poteva sentire Phere imprecare a bassa voce ogni volta che Trix ostruiva il passaggio per osservare qualcosa più da vicino, la penna infilata dietro un orecchio e il suo fedele quadernino stretto fra i denti. Darrel chiudeva la fila con la seconda lanterna.

Solo dopo quelle che a Stef parvero ore, il tunnel tornò ad allargarsi e poterono di nuovo alzarsi in piedi, le ginocchia e i palmi delle mani doloranti e tumefatti a causa del terreno dissestato. La sua skin era ormai ridotta a uno straccio, i capelli pieni di nodi, la camicia tutta strappata e la pelle ancora coperta di fuliggine dopo il combattimento con il blaze. E quella scarpinata non aveva migliorato la situazione. D'un tratto arrossì, rendendosi conto di come doveva essere apparso all'elegantissima Annika: un mostro delle paludi.

«Tutto ok?» gli chiese Phere, studiandolo perplessa.

«S-sì» disse lui. «Ho solo bisogno di una doccia, credo».

«La temperatura qui sotto è calata» notò Trix, soffiando una nuvoletta di vapore dalle labbra e sfregandosi le mani per poter scribacchiare altri appunti, Cerbero infilato dentro la salopette grigia.

«E continuerà a farlo» disse Darrel.

Via via che proseguivano nella discesa, le pareti del tunnel cominciarono infatti a ricoprirsi di condensa, poi di un vero e proprio strato di brina. Il pavimento si trasformò in una lastra di ghiaccio e i ragazzi dovettero sostenersi l'un l'altro per non scivolare. Un vento tiepido però spirava dal fondo della galleria, portando con sé il vociare di persone e il buon profumo di pietanze calde e dolci. Anche la luce divenne pian piano più forte, e alla fine i due fratelli spensero le lanterne. Stef accelerò il passo e li superò, pronto a dare l'allarme alle ragazze nel caso si fosse trattato di una trappola o un'imboscata, ma quando finalmente raggiunse l'uscita, rimase senza parole.

«Oh, wow» disse Phere, affiancandolo. «È...»

«Inaspettato» mormorò il ragazzo, impressionato.

Persino Trix smise per un attimo di prendere appunti, mentre Cerbero si dimenava dentro la salopette per essere rimesso a terra.

«Benvenuti a casa» disse Fortune, sghignazzando.

«Benvenuti alla Corte dei Ribelli» le fece eco Darrel.

14

L'uscita della galleria era in una posizione sopraelevata e permetteva una vista impareggiabile sulla piccola e caotica cittadina che si estendeva ai loro piedi. Edifici di pietra ocra si ammassavano uno sull'altro, costellati di porte dalle forme bizzarre, i tetti uniti fra loro da ponti di legno che creavano una rete di strade sopraelevate.

Ma non era quella la cosa più sorprendente.

Phere piegò la testa all'indietro, spingendo a bocca spalancata lo sguardo sempre più in alto. «Siamo dentro a un ghiacciaio!»

La Corte, infatti, era incastonata all'interno di una spessa cupola azzurrognola semitrasparente. Qua e là, lunghe feritoie laterali permettevano alla luce del giorno di entrare, i raggi che, riflessi in un gioco di specchi, illuminavano la città sotto il ghiaccio. Eppure, Stef dovette allargarsi il colletto della camicia e Trix abbassare il cappuccio della tuta. Cerbero si sdraiò con le tre lingue di fuori.

«Fa caldo, qua sotto» osservò Phere, sventolandosi con le mani.

«È per via della fonte» le spiegò Fortune, indicandole una piazzetta a stella al centro della Corte. Lì, un geyser d'acqua rovente era stato incanalato in una fontana e rendeva l'ambiente tropicale e vaporoso. «Fuori le temperature sono sotto zero, un bel freddo, te lo assicuro. Soprattutto quando non hai niente da mettere addosso».

«È così che ti sei fatta le cicatrici?» le chiese Stef.

Fortune, che mentre parlava aveva cominciato a massaggiarsi i lunghi segni bianchi sulle dita, infilò subito le mani in tasca.

«L'anello dei Ladri non è simpatico» si limitò a dire.

Darrel saltò giù dall'imboccatura del tunnel, sul tetto piatto di un edificio. «Siete fortunati! Oggi è giorno di mercato, il momento migliore per visitare la Corte!

Prelibatezze da ogni anello del fondo della Fossa». Il ragazzo si stava già incamminando verso un ponticello di pietra fra due case. «Non so voi, ma io sto morendo di fame!»

Stef e Phere si scambiarono uno sguardo perplesso, ma lo stomaco di entrambi brontolò, strappando una risata a Fortune.

«Non è una trappola, fidatevi» disse lei, balzando giù.

«E comunque a pancia vuota si ragiona male» mugugnò Phere.

«D'accordissimo» confermò Trix, il quadernino stretto in mano e gli occhi che brillavano occhieggiando la cittadina.

Stef sospirò. «E va bene» concesse.

Darrel e Fortune li stavano aspettando nei pressi di una botola del tetto e quando i ragazzi si calarono dentro, d'un tratto si ritrovarono circondati dal via vai di una folla colorata e chiassosa. La gente si spostava allegra da una bancarella all'altra, attirata dalle urla dei venditori e dal profumo pungente di spezie e carne alla griglia.

«Questo» disse Darrel, riempiendosi i polmoni e guidandoli in un tour del mercato, «è il bazar della Fossa. Potete comprare cibo, equipaggiamento, armi... tutto quello che i ladri sono riusciti a sgraffignare in giro, ma attenzione a non farvi fregare! I mercanti sono tutti cheater di primissima categoria, per essere scappati al Guardiano!»

I ragazzi passarono incantati da un banchetto all'altro. C'era quello di un fabbro che smerciava armi di ogni tipo, per la gran parte sbeccate e arrugginite. C'erano venditori di skin rattoppate simili a quelle di Darrel e Fortune. Ma soprattutto c'erano chioschi di cibo. Sembrava che l'attività del bazar ruotasse principalmente intorno a quello: ciotole fumanti di stufato di ravager, tentacoli di ghast abbrustoliti, persino pasticci di carne di blaze e cartocci di chele di ragno impanate e fritte…

«Peccato non avere un soldo» commentò Phere.

Al suo fianco, Darrel scoppiò a ridere. «Soldi? Chi ha mai parlato di soldi? Qui funziona tutto con il caro, vecchio, baratto. E a giudicare da come ve lo tenete ben stretto, sono pronto a scommettere che nel vostro zainetto ci sia più di un oggetto che vi permetterebbe di comprarvi anche tutto il bazar». Gli occhi del ragazzo si illuminarono. «Anche solo quella splendida balestra…»

«Non è in vendita» tagliò corto Stef.

Darrel alzò le mani al cielo in segno di resa. «Certo, certo. Vi consiglio allora di fare almeno rifornimento di frecce. E di una spada nuova. E di comprarvi qualche vestito, visto come siete ridotti».

Phere arrossì fino alla punta dei capelli. «Sì, meglio».

«E magari di offrirci pure il pranzo» aggiunse Fortune, saltellando allegramente accanto al fratello. «Come parte del nostro pagamento per avervi portato fin qua. Mi sembra il minimo, no?»

In effetti, nello zaino di Vyr trovarono più di un oggetto di cui sbarazzarsi senza rimorsi, tra cui un set completo di coloranti per mantello, diversi vinili e un secchio dal fondo bucato. Tutta roba molto difficile da recuperare nella Fossa, o almeno più di frecce e spade, e che permise loro di comprare quanto aveva elencato Darrel, compreso un abbondante pasto e un nuovo quaderno per Trix.

Scoprirono così che la carne di ravager era stoppacciosa come la suola di una scarpa e i tentacoli di ghast gommosi, che il blaze aveva un retrogusto amaro di plastica bruciata e che le chele di ragno fritte tanto valeva usarle come shuriken da quanto erano dure.

«Di-sgu-sto-se» annotò Trix sul suo taccuino.

«Non capisco perché non rubiate i maiali e i polli nell'anello dei Golosi» borbottò Stef, masticando un boccone di ghast.

«Perché non possiamo» rispose Darrel, più che contento di abbuffarsi di pasticcio di blaze. «Caronte dovrebbe avervelo spiegato: una volta varcata la porta dorata della Città di Dite, non è più possibile risalire, nemmeno con una scorciatoia scavata nel codice. Si può solo scendere verso il fondo della Fossa». Con il cucchiaio indicò i banchetti intorno a loro. «Tutto quello che trovate al mercato viene dai magazzini della prigione dei cheaters. Se, per dire, gli skeleton vi avessero catturato prima del nostro formidabile e tempestivo salvataggio, potevate star certi che adesso tutto il contenuto del vostro zainetto sarebbe stato in vendita qui nel bazar».

«E noi saremmo stati molto più ricchi» sospirò Fortune.

«Quindi in pratica siete bloccati qui» disse Phere, lanciando un pezzetto del suo ravager a Cerbero, che lo divorò all'istante.

I due fratelli si scambiarono uno sguardo serio.

«Per ora» rispose Fortune, in tono enigmatico.

Darrel buttò via il cartoccio del suo pasticcio. «Seguiteci».

Usciti dal bazar si avventurarono per i tortuosi vicoli della Corte fino a un tozzo edificio a due livelli simile a una torretta. Una scala pericolante conduceva al piano di sopra, dove fratello e sorella avevano costruito la loro tana con gli oggetti rubacchiati per la Fossa.

«Accomodatevi» disse Darrel, tuffandosi su un vecchio e polveroso divano giallo. Fortune, invece, si diresse in una stanza laterale, la porta sostituita da una tenda colorata che doveva essere stata un tappeto. Quando ne uscì, teneva in mano uno scrigno trasparente.

Trix sputò fuori tutta l'aria che aveva nei polmoni.

«Ma questa... questa è...» Allungò le mani verso la teca per poi ritrarle di scatto, quasi avesse paura di toccarla. «È davvero lei?»

Darrel annuì solennemente.

«Come...? Dove...?» domandò Trix, ancora troppo emozionata per riuscire ad articolare una frase compiuta. «È lei!»

«Lei chi?» chiese Phere confusa.

Anche Stef non capiva. «Non sembra nulla di speciale».

Nello scrigno, infatti, era costudita una spada. Non una di diamante, di fuoco o di pietra. Ma una comunissima spada a doppio taglio in metallo. L'unica particolarità era l'elsa nera, costellata di minuscole pietre sfaccettate che la facevano assomigliare a un cielo stellato.

«È Cutter!» sbottò Trix, offesa dalla loro ignoranza.

«Cutter...» ripeté Stef, aggrottando la fronte. Quel nome gli ricordava qualcosa. Cercò aiuto in Phere, che però si strinse nelle spalle. «No, mi dispiace, non mi dice niente».

Trix sbuffò. «È la spada leggendaria creata dai Programmatori, l'unica in grado di combattere alla pari contro il Guardiano! Si pensava che fosse andata perduta nella Fossa, e invece...»

«Eccola qui» disse Fortune.

«E può essere vostra» aggiunse Darrel.

Calò il silenzio, interrotto solo dal lieve russare di Cerbero, che si era addormentato ai piedi di Phere.

Stef si chinò in avanti per studiare meglio la spada e la lama rimandò un bagliore affilato.

«Solo io e Fortune possiamo aprire lo scrigno» disse Darrel, sprofondando contro lo schienale del divano giallo. «Non pensate di rubarla. Se la volete, dovrete darci qualcosa in cambio».

«La balestra» propose subito Stef.

Fortune scoppiò a ridere. «Stai scherzando?! Non vale nemmeno un centesimo di quanto vale questa spada».

«Allora cosa volete?» chiese Phere.

«Una pozione rara» rispose Darrel, passando lo

sguardo da un ragazzo all'altro, quasi stesse valutando se fidarsi o meno di loro. «Una pozione che per un breve periodo di tempo ti permette di diventare immateriale, in modo da poter attraversare qualsiasi barriera».

Stef iniziava a capire. «La porta dorata della Città di Dite».

«Esatto» confermò Darrel. «È il nostro biglietto di sola andata per lasciare questo maledetto posto e uscire dalla Fossa».

«E sapete almeno dove si trova?» chiese Phere.

Al suo fianco, Trix prendeva appunti, concentratissima.

Fortune annuì. «Proprio qui, nell'anello dei Ladri» disse, massaggiandosi con una smorfia le cicatrici sulle mani. «Abbiamo già cercato di rubarla un paio di volte, ma senza risultati».

«E perché noi dovremmo farcela?» chiese Phere.

«Perché volete la spada» disse Darrel.

«È perché se falliamo, rimettendoci la vita, per voi non cambia nulla» ribatté Stef. «Mentre se dovessimo riuscirci, avrete ottenuto quello che volevate senza assumervi alcun rischio».

Darrel sorrise. «Niente di personale».

«Ci state?» chiese Fortune.

«Prima diteci qual è il piano» ribatté Phere.

E il piano era assolutamente una follia, addirittura più di quanto avevano affrontato fino a quel momento. Stef sospirò. Dopotutto, Caronte li aveva avvisati: più fossero scesi nella Fossa, più avrebbero incontrato prove terribili e difficili da affrontare. Con lo sguardo cercò gli occhi di Phere, che mordicchiandosi le labbra annuì.

«La spada ci serve» si limitò a dire la ragazza.

«Va bene, allora, ma a una condizione» disse Stef, allungando una mano verso Darrel. «Trix e Cerbero rimangono con voi, vi prenderete cura di loro fino al nostro ritorno. E se non torniamo».

Trix saltò in piedi. «Ma io voglio aiutarvi!»

«È più sicuro così, fidati» la rincuorò Phere.

Darrel afferrò la mano di Stef. Il patto era suggellato.

15

Chi sosteneva che l'inferno fosse un luogo di fuoco, sbagliava, ora Stef ne era certo. Perché l'anello dei Ladri era una distesa di ghiaccio sormontata da una notte priva di stelle. E come se non bastasse una perenne bufera di neve riduceva la visibilità a meno di zero.

«Non lasciate che il freddo vi tocchi» aveva detto Fortune, poco prima di spalancare la porta che dalla Corte dei Ribelli conduceva all'esterno, sulla superficie della montagna ghiacciata. E come monito aveva mostrato loro le terribili cicatrici sulle sue mani.

Adesso, mentre avanzava tenendosi ben stretto il cappuccio, Stef si chiese come si poteva sfuggire al freddo in quel deserto dalle temperature bassissime, e si maledisse per aver accettato la missione.

In fondo avevano davvero bisogno di Cutter? E chi gli assicurava che quella nella teca fosse davvero la spada leggendaria? Al riguardo aveva la parola d'onore di un ladro, un baro e una nabba...

Scosse la testa. Doveva avere fiducia in Trix.

«Ormai è fatta» mormorò a denti stretti.

Una folata d'aria gelida si infilò tra le sue labbra provocandogli una fitta alla fronte, come quando in estate beveva troppo in fretta una bibita ghiacciata. Il ragazzo si sistemò la sciarpa davanti al viso e, nonostante tutto, ringraziò mentalmente Darrel e Fortune. Perché senza i giacconi e i pantaloni foderati di pelliccia, le pesanti manopole per le mani, gli scomodissimi stivali e le orrende cuffie di lana con il paraorecchie che gli avevano procurato, lui e Phere sarebbero diventati due statue di ghiaccio in meno di un secondo.

Come statue di ghiaccio erano i Ladri dell'anello.

Stef serrò gli occhi, allontanando da sé quelle immagini che, ne era sicuro, avrebbero tormentato i suoi incubi per molto tempo a venire. Uomini e donne dalla pelle azzurra e i capelli bianchi, colti dalla tempesta mentre stremati tentavano di riscaldarsi il corpo nudo e martoriato dal freddo, bloccati rannicchiati al suolo o inginocchiati.

Ma la parte più difficile era stata ignorare i giocatori che ancora vagabondavano nel paesaggio ghiacciato, ridotti a scheletrici pupazzi di neve. Il Guardiano li aveva condannati a non possedere niente, perché nella loro vita da ladri si erano divertiti a spogliare di qualsiasi avere le loro vittime. Scavavano nel ghiaccio per procurarsi un po' di cibo, la pelle congelata delle mani che si spaccava al minimo tocco. E ogni volta che trovavano qualcosa, venivano derubati.

Stef serrò i pugni. «Maledetti Ve…»

«L'ho trovata!» lo chiamò Phere, nel furore della tormenta.

La ragazza era una sagoma appena visibile nella cortina di fiocchi di neve che imbiancava quel mondo già abbastanza bianco di suo.

Stef la raggiunse lentamente e in silenzio, e lei gli indicò un foro nel ghiaccio poco più grande di un tombino. Con la mano guantata il ragazzo sfiorò istintivamente il fodero della sua nuova spada, poi la ritrasse e la mise in tasca. Non era ancora giunto il momento.

Si affacciarono nel foro e Phere puntò la balestra.

Uno scivolo di ghiaccio si perdeva nelle oscure profondità del terreno. Era stretto, abbastanza da rischiare di rimanerci intrappolati e andare incontro a una morte terribilmente lunga, causata dalla fame, dalla sete e soprattutto dal freddo. Stef infilò comunque dentro prima una gamba e poi l'altra, tenendosi lo zaino stretto al petto.

E in quel momento lo zaino ebbe un fremito.

Stef si affrettò ad aprirne le cinghie.

«E tu cosa diavolo ci fai qui?!» domandò mentre la prima delle tre teste di Cerbero sbucava fuori dalla tela, starnutendo.

«Dannazione» imprecò Phere, battendo i piedi. «Doveva restare con Darrel e Fortune! Dobbiamo riportarlo indietro».

«*Indietro?*» ripeté Stef, incredulo.

'Indietro' significava attraversare di nuovo il lago ghiacciato di Cocito che si erano appena lasciati alle spalle, poi la foresta di stalagmiti giganti, e infine risalire il difficilissimo sentiero scavato nel monte innevato che custodiva la cupola della Corte dei Ribelli... Era stata un'impresa quasi impossibile, arrivare fin lì tutti interi, e questo nonostante le accurate indicazioni di Darrel e Fortune, che prima della partenza avevano spiegato loro nei dettagli l'intero percorso.

«Non possiamo riportarlo *indietro*» disse alla fine.

Fra il cappuccio e gli strati di sciarpa, gli occhi di Phere si ridussero a due fessure contrariate. La ragazza stava per protestare ma poi si limitò a scuotere la testa e fargli cenno di proseguire. **Stef allora si infilò Cerbero sotto il giaccone di pelliccia, dove sarebbe stato più al caldo, afferrò i bordi dello scivolo di ghiaccio e si diede una spinta.** Fra sé e sé pregò che Darrel e Fortune non avessero mentito e il tunnel non si restringesse all'improvviso, imprigionandoli là sotto.

L'oscurità divenne totale e il vento freddo della discesa gli penetrò nelle ossa nonostante il calore di Cerbero contro il petto. Le dita cominciarono a intorpidirsi e quando fu sicuro di aver perso definitivamente la mobilità dei muscoli del viso, fu sbalzato fuori.

Subito dopo di lui, Phere atterrò in perfetto silenzio e i due ripararono velocemente dietro a una tozza roccia calcarea, le armi strette in mano. La ragazza sbirciò al di là del loro nascondiglio e dal movimento delle sue labbra Stef intuì che stava contando il numero di nemici che avrebbero dovuto affrontare.

«Sono troppi» gemette lei alla fine.

Stef annuì, il sudore che congelava contro la sua schiena.

Lo scivolo li aveva condotti in una grotta al cui confronto la cupola della Corte dei Ribelli, capace di contenere una città, era minuscola. E nonostante si trovassero in profondità nel suolo dell'anello, la caverna risaliva fin quasi in superficie, il soffitto composto da uno strato di ghiaccio da cui filtrava una gelida luce azzurra.

Al suo interno era contenuto un vero e proprio tesoro, o almeno così dovevano pensare i Vex. Le odiose creature alate svolazzavano frenetiche intorno ai cumuli di paccottiglia che riempivano la caverna, i corpi grigiastri ricoperti da una folta pelliccia bianca.

Sotto la sciarpa, Stef si mordicchiò le labbra.

Un Vex, da solo, non lo avrebbe preoccupato. In fondo erano poco più grandi di una mano e muniti di una spadina delle dimensioni di uno spillo. In volo, però, le ali argentate di quelle creature vibravano velocissime rendendole quasi invisibili. Abilità particolarmente utile per svolgere la loro attività preferita: rubare. Rubare qualsiasi cosa.

E lì dentro, nella loro tana, erano a centinaia.

Phere sbucò di nuovo con la testa dalla roccia.

«La pozione smaterializzante è proprio in cima all'enorme montagna di cianfrusaglie al centro del-

la grotta» sospirò, «perché non poteva essere a portata di mano, eh no, troppo facile...»

Stef alzò gli occhi al cielo. «Basta non farsi vedere».

«Oh, certo, non ci avevo pensato» rispose lei, piccata, riportando una ciocca di ribelli capelli rosa sotto alla pesante cuffia di lana. «Ci saranno solo un milione di Vex a controllare la caverna».

«E tu la vedi quella?» le chiese invece Stef, ignorando le sue lamentele e indicandole un ammasso di robaccia verso il fondo della grotta. «Più o meno a metà altezza. Pensi di riuscire a colpirla?»

Phere strinse gli occhi. «È piccola».

«Sì o no?» insistette Stef.

Senza rispondere, Phere si aggiustò la balestra contro la spalla. Con i Vex che svolazzavano in ogni direzione, non c'era il tempo di appostarsi e prendere la mira con calma. Doveva alzarsi in piedi, sparare e tornare ad acquattarsi nel loro nascondiglio, il tutto alla massima velocità per non farsi vedere. Lasciare agire l'istinto e l'esperienza. Chiuse gli occhi e prese un respiro profondo, cercando di cancellare le preoccupazioni che le attanagliavano il cuore.

Con le dita spostò la lancetta d'armamento sul fuoco.

Non serviva altro, per quel colpo.

Solo la sua concentrazione.

«Adesso» mormorò fra sé, spalancando gli occhi.

L'attimo dopo era scattata in piedi, aveva premuto il grilletto ed era tornata a inabissarsi dietro la roccia. Il boato che seguì fece tremare la caverna, mentre una pioggia variopinta di oggetti bruciacchiati volava da tutte le parti. Un sorriso le si dipinse sul viso.

Perché quella che le aveva indicato Stef poco prima era la scatolina di una bomba TNT grande pressoché come il suo palmo. E lei l'aveva appena centrata. Un colpo degno di Robin Hood.

Il ragazzo la prese per mano. «Dobbiamo farlo ora!»

Nascosti dalla cortina di fumo e dalla confusione dei Vex, che volavano frenetici cercando di mettere in salvo la loro preziosa refurtiva, si fiondarono verso l'enorme montagna di cianfrusaglie su cui era depositata la pozione smaterializzante. Affondarono le mani e i piedi nel cumulo di oggetti, scalando come meglio potevano quella torre instabile e traballante. Ci fu uno smottamento e per un attimo temettero che tutto crollasse. La pozione rotolò giù, rimbalzò su un cuscino e prese il volo. Phere si lasciò scappare un gemito.

Stef, poco sotto, riuscì ad afferrarla al volo.

Ma ormai era tardi: erano stati scoperti.

I Vex si divisero in due gruppi e come vespe inferocite si lanciarono in picchiata contro i ragazzi, le spade sguainate sottili e affilate come lame di rasoio. Senza esitare, Stef e Phere scivolarono giù lungo la montagna di refurtiva, Cerbero che li aspettava a terra, saltando su e giù nel tentativo di stritolare fra i denti quei folletti diabolici. Tutt'intorno l'incendio provocato dalla bomba si propagava nella caverna sciogliendo il ghiaccio che ne formava le pareti e il soffitto.

«Non durerà a lungo» urlò Stef, continuando a lottare.

Lo sciame li avvolse in una tempesta di lame. Phere impugnò la balestra come una mazza mentre Stef sfoderava la sua spada. Il ferro brillò prendendo fuoco e per un attimo i Vex si ritrassero, permettendo ai ragazzi di raggiungere nuovamente l'ingresso dello scivolo. Non sarebbe stato facile arrampicarsi su per quello stretto passaggio con i Vex alle calcagna, ma era l'unica via d'accesso alla grotta.

Lo sciame tornò a caricare, più infuriato di prima.

«Così non riusciremo nemmeno a entrare!» urlò Phere.

Fu in quel momento che successe. Cerbero emise un latrato che via via si alzò di tono fino a diventare un vero e proprio ruggito. Le tre teste si scossero, scontrandosi una contro l'altra mentre i muscoli del cagnolino si gonfiavano sotto la pelliccia grigia. Phere spalancò la bocca quando Cerbero la superò in altezza, la bava che ora gli colava da zanne lunghe come sciabole. L'enorme cane a tre teste ringhiò e i ragazzi sentirono le ossa del petto vibrare di quel suono.

Gli occhi di Phere si riempirono di lacrime.

«Non puoi» mormorò, «non te lo permetto».

Ma una delle tre teste di Cerbero l'aveva già delicatamente afferrata fra i denti mentre un'altra agguantava Stef e la terza combatteva contro i Vex, inghiottendone una decina per volta. Poi il cane spiccò un balzo in mezzo ai cumuli di cianfrusaglie in fiamme e i ragazzi vennero sballottati verso l'alto, avvolti dal fumo dell'incendio. Il tetto di ghiaccio, ormai ridotto dal calore a un velo sottile, si frantumò in mille pezzi al loro passaggio e Cerbero riuscì a piantare gli artigli sul bordo, depositando Stef e Phere al sicuro, fuori dalla grotta.

La ragazza lo afferrò subito per una zampa.

«Torna piccolo!» lo supplicò, tentando di tirarlo su.

Il ghiaccio scricchiolò e Stef la trascinò via un attimo prima che cedesse. Cerbero precipitò nella caverna e, nello stesso istante, uno sciame di Vex infuriati volò fuori dal cratere.

16

Stef si lasciò scivolare a terra, esausto. La neve gli ricopriva i vestiti e il berretto di lana, attutendo il dolore delle ferite del combattimento. Phere si accasciò al suo fianco, tremante. Erano riusciti a tornare alla Corte dei Ribelli solo grazie al fumo nella grotta, che aveva disorientato i Vex. Ma ora, mentre la porta della cupola si richiudeva alle loro spalle, già si sentiva il rumore delle piccole spade che aggredivano con furia il ghiacciaio a protezione della città.

Darrel, che aveva aperto loro la porta, imprecò.

«Vi hanno seguito!» disse Fortune, osservando terrea l'ombra dell'enorme sciame di Vex, che ronzava in cerchio intorno al perimetro della cupola, simile a un tornado. «Almeno siete riusciti a...»

Phere l'agguantò per il logoro colletto di pizzo. Controllando a fatica la rabbia, la ragazza le fece oscillare sotto il naso l'ampolla di delicatissimo cristallo verde che conteneva la pozione smaterializzante.

«A prendere questa?» disse. «Sì, direi di sì. È costata la vita a Cerbero. E noi avevamo un patto, giusto? Che voi vi sareste presi cura di Trix e Cerbero mentre noi eravamo in missione. Allora *perché* Cerbero è morto?» Le unghie di Phere si strinsero sulla boccetta, facendo scricchiolare il cristallo. «*Come mai?* E dov'è Trix?»

Darrel e Fortune si scambiarono uno sguardo allarmato.

«Al sicuro nella nostra tana, con Cutter» replicò lui.

«Non farlo» la pregò Fortune. «Il cane è scappato di nascosto».

Le dita di Phere aumentarono la pressione sull'ampolla mentre fratello e sorella la osservavano trattenendo il fiato. Poi la ragazza spinse la fiala contro il petto di Fortune. «Trix e la spada. Ora!»

Darrel annuì. «Torniamo alla torre».

Attraversarono di corsa gli stretti vicoli della Corte zigzagando fra gli abitanti, che dopo essersi affacciati alle finestre delle loro case per osservare preoccupati la situazione, si preparavano ora a combattere per salvare quella piccola bolla ghiacciata di libertà. E a Stef pareva quasi di sentire gli occhi del Guardiano puntati su di loro. Sì, loro, che erano scesi là sotto per sconfiggerlo, e che invece gli avevano appena consegnato l'ultimo baluardo di resistenza della Fossa.

«Dannazione» mormorò, salendo a tre alla volta i gradini pericolanti che portavano alla tana di Darrel e Fortune.

Trix si precipitò subito ad abbracciarli.

«La c-città» balbettò, «è sotto assedio!»

«I Vex ci hanno seguito» le spiegò Phere, mentre già si liberava degli scomodi vestiti foderati di pelliccia, che le avrebbero intralciato i movimenti durante il nuovo combattimento. Per fortuna al bazar erano riusciti a far rammendare le loro skin abituali.

«E Cerbero...» cominciò Stef, ma gli mancò la voce.

Trix però capì e sbiancando si coprì il viso con le mani.

«Non è questo il momento di piangere!» la redarguì Darrel, facendola sobbalzare. Il ragazzo si spostava per la stanza come una trottola, raccattando cianfrusaglie che poi infilava dentro a due zaini.

«La Corte non cadrà subito» disse Fortune, indicando fuori dalla finestra. «Lotteranno fino all'ultimo».

Sui tetti e nelle piazze, teli impolverati venivano scoperchiati rivelando catapulte ed enormi balestre. Schiere di giocatori indossavano le loro skin di guerra e il mercante d'armi del bazar distribuiva tutta la sua mercanzia senza chiedere niente in cambio. Chi invece non era in grado di combattere riempiva gli zaini di frecce e proiettili, in modo da poter rifornire i giocatori in prima linea.

La cupola gemeva e scricchiolava sotto i colpi dei Vex.

«E voi?» chiese Stef, amareggiato, mentre Darrel e Fortune si infilavano gli zaini in spalla. «Voi non combattete?»

Darrel fece segno di no. «Anche se la Corte dovesse sopravvivere a questo attacco, ormai il Guardiano sa della sua esistenza e la prossima volta manderà qualcosa di molto più grosso dei Vex...»

«È la nostra chance, con la pozione» aggiunse Fortune. Poi, intercettando lo sguardo di Phere, aggiunse: «Non conviene nemmeno a voi, fare gli eroi. Ora l'unica speranza di salvezza per tutti questi giocatori è che il Guardiano venga annientato. E non saremo di certo noi due, una ladruncola e un cheater, a tentare l'impresa».

La ragazza si avvicinò alla teca in cui era custodita Cutter, si infilò in bocca il pollice e con un gemito si morse il polpastrello fra i denti. Phere sobbalzò, lo stomaco che faceva una capriola mentre Fortune tracciava una lunga linea rossa sul cristallo. Darrel, al suo fianco, la imitò, e quando anche il suo sangue fu versato, lo scrigno si smaterializzò. Il cercatore impugnò la spada e con un gesto elegante la fece roteare prima in un senso e poi nell'altro, lo sguardo che brillava.

Stef fece un passo avanti e allungò un mano verso di lui.

Darrel però rimase immobile, il viso riflesso nella lama mentre ne osservava il filo perfetto. Fece scattare il polso e la spada vibrò. Stef chiuse istintivamente gli occhi, preparandosi a ricevere il colpo, certo che Darrel avesse deciso di tenersi l'arma per la fuga. E invece le sue dita si strinsero sull'elsa nera macchiata di stelle: il cheater era stato fedele alla parola data. Stef fece ruotare la lama per saggiarne il peso e l'equilibrio. La spada era incredibilmente leggera, eppure, allo stesso tempo, gli trasmetteva un'immensa sensazione di forza. E di pericolo. Il ragazzo la ripose in una tracolla dietro la schiena.

«Questo è un addio» disse Darrel, sogghignando.

«Addio» aggiunse Fortune, prendendo subito le scale.

«Aspettate, non...!» urlò Phere, raggiungendo immediatamente la porta, ma i due erano già spariti. La ragazza sospirò. «Non ci hanno nemmeno spiegato come arrivare all'anello successivo».

«So io come fare» mormorò Trix. Stef e Phere si voltarono verso di lei, che si sistemò imbarazzata gli occhiali sul naso. Da una tasca della salopette aveva sfilato una fragile provetta da chimico, che ora stringeva delicatamente fra due dita. «Più o menoOOOoooh!»

Trix cadde sul divano giallo mentre Stef e Phere si afferravano alle pareti. Il pavimento aveva tremato violentemente e i lampadari ancora oscillavano in una pioggia di calcinacci. Appena la torre si fu di nuovo stabilizzata, i ragazzi si precipitarono a una finestra.

Un enorme pezzo di ghiaccio si era staccato dalla cupola e con un boato assordante era precipitato sulla città, schiacciando sotto il suo peso un intero quartiere e i suoi abitanti. Uno sciame inferocito di Vex s'infilò all'interno formando un unico serpente, e poche strade più in là divampò un incendio. Le urla arrivarono fino a loro.

«Non c'è più tempo» mormorò Phere.

«Guidaci, subito» disse Stef, rivolto a Trix.

La ragazza annuì, ma invece di avviarsi alla porta si lasciò cadere in ginocchio. Con i denti stappò la provetta da chimico e con attenzione ne versò il contenuto sul pavimento. «L'ho raccolto nel tunnel» disse, lanciando uno sguardo di scuse a Phere, che si era lamentata delle sue mille pause durante il tragitto per la Corte.

Un liquido appiccicoso formò una pozza bianca.

«Codice grezzo» mormorò Phere, avvicinandosi con cautela.

Nonostante la chiazza fosse sottile come un foglio di carta, sotto la superficie si intravedeva il sonnolento movimento di un vortice di parole che risalivano verso la luce per poi scomparire sul fondo.

«Sai come usarlo?» chiese Stef, correndo da una parte all'altra della stanza per sbarrare le finestre della torre. «Perché fuori la situazione sta decisamente precipitando...»

«Vyr mi ha insegnato le basi» rispose lei.

Come colpite da una folata di vento, tutte le imposte cominciarono a sbattere con forza, facendo cigolare i vecchi cardini. I Vex li avevano raggiunti. Stef imprecò e si buttò sulla porta appena in tempo. L'istante dopo anche quella gemette e il legno cominciò a tremare, aggredito dalle piccole spade delle creature. A centinaia.

«Siamo circondati» disse, unendosi alle due ragazze.

Al buio, la pozzanghera di codice grezzo emetteva una luce bianca che illuminava Trix dal basso, facendola assomigliare a una strega piegata sul suo calderone per preparare una pozione.

«Sai come…» ricominciò Stef.

«*Ssst*» lo zittì Trix.

Non l'avevano mai vista così concentrata. Di scatto la ragazza infilò entrambe le mani nel liquido bianco, immergendo le braccia fino ai gomiti. Phere l'afferrò d'istinto per la vita, convinta che la pozza stesse per risucchiarla al suo interno, ma con un brusco strattone Trix tornò a emergere dal liquido, trascinandosi dietro qualcosa.

«Presa!» esultò vittoriosa.

Fra le dita teneva stretta una catena di parole simile a filo spinato, che si contorceva su se stessa come un serpente afferrato per la testa. Trix mantenne la presa nonostante le spine le graffiassero le braccia. Il respiro affannato le annebbiò gli occhiali e il sudore le imperlò la fronte mentre con un gesto deciso, stavolta di una mano sola, pescava un'altra parola dalla pozza e disegnava un cerchio in aria.

Con uno strappo costrinse i due fili di codice a intrecciarsi fra loro e a crearne uno unico. La pozza biancastra s'increspò e per un attimo parve fondersi con il legno del pavimento, poi cambiò in terra e in una chiazza di cielo azzurro. Alla fine, i bordi del liquido si contrassero e si allargarono fino a formare un cerchio.

Stef e Phere erano rimasti senza parole.

Trix lasciò andare il codice, il fiato corto. Davanti a lei, il cerchio di liquido si gonfiò come una bolla di sapone ed esplose, aprendo nel pavimento un foro che si affacciava sull'oscurità più totale.

«Ecco qua» disse Trix, sistemandosi gli occhiali sul naso e indicando sfinita il buco. «Adesso il Guardiano non saprà più in che girone infernale mandarmi: se dai Nabbi o dai Cheaters».

«Hai creato una scorciatoia» mormorò Phere.

«Conduce di sotto, all'ultimo anello prima del fondo della Fossa» confermò Trix, asciugandosi il viso dal sudore. «Ma avevo bisogno del codice grezzo. Credo che Vyr sarebbe orgoglioso di me».

«Credo anch'io» rispose Phere con un sorriso.

«Ecco, non per fare il guastafeste» s'intromise Stef, «ma sei proprio sicura che conduca di sotto, e non ci, che so, uccida...?»

Con un tonfo, una delle imposte che chiudeva una finestra cedette all'assalto dei Vex, che invasero la stanza in uno sciame rabbioso che puntò dritto contro i ragazzi, le spade sguainate. Erano in trappola.

«Ok, non c'è tempo per dubitare» mormorò Stef.

Senza esitare afferrò Trix per un braccio e Phere per l'altro, e con un salto si tuffò nel buco nel pavimento, trascinandole con sé.

Nel buio che ne seguì, le urla dei tre ragazzi si persero.

Nel buio, sparirono 'sopra' e 'sotto', 'destra' o 'sinistra'.

Eppure, dopo un periodo che a Stef sembrò lunghissimo e insieme solo un battito di cuore, si ritrovarono in piedi, uno di fianco all'altro, come se il pavimento fosse sempre stato lì e non fossero mai davvero caduti. Il ragazzo si stropicciò gli occhi, cercando di orientarsi. Ogni cosa era di un nero pastoso e non avrebbe saputo distinguere il suolo dalle pareti, dal soffitto. Allo stesso tempo, però, vedeva chiaramente Phere e Trix, come se fossero illuminate da tutte le direzioni, talmente nitide da essere prive di qualsiasi ombra.

Phere si massaggiò le tempie. «Dà la nausea».

Fra loro, un sibilo tagliò il silenzio.

Stef sfoderò d'istinto Cutter, fendendo l'aria davanti a sé. Phere puntò la balestra nella direzione del suono, ma era troppo tardi.

«Oh no» gemette, pallida in viso.

La spada che attraversava il petto di Trix si ritrasse lentamente, facendole scivolare gli occhiali giù dal naso, il sangue che le macchiava la salopette e il cappuccio con le orecchie da panda.

«Assassini» mormorò lei. «È l'anello degli Assassini».

L'attimo dopo si era fusa con l'oscurità.

17

Non c'era stato tempo di piangere.

Stef percepiva la schiena di Phere premuta contro la sua, il respiro trattenuto della ragazza mentre restavano immobili a studiare l'oscurità che li circondava, le armi che scattavano a destra e sinistra.

«Dove è andato?» chiese Phere.

Stef non rispose. In quelle strane tenebre così piene di luce, i suoi occhi faticavano ancora a trovare un punto di ancoraggio e il corpo mandava alla mente segnali contrastanti. A volte gli sembrava di fluttuare, altre di essere sepolto vivo. In fondo, da quando si erano avventurati nella

Fossa, non avevano fatto altro che scendere e cadere. Forse adesso il coperchio di quella enorme bara si era sigillato.

La schiena di Phere s'irrigidì contro la sua.

Stef girò la testa di scatto mentre la balestra entrava in azione.

Una giocatrice era sbucata dall'oscurità tenendo alta sopra la testa un'ascia bipenne. L'arma però le scivolò dalle dita quando la freccia di Phere la colpì in fronte, ribaltandole la testa all'indietro.

L'attimo dopo era svanita, proprio come Trix.

Stef stava ancora osservando la scena, quando con la coda dell'occhio intercettò un movimento. D'istinto portò la spada in posizione di difesa e il metallo di Cutter vibrò bloccando un'altra lama. Il giocatore che lo aveva attaccato saltò all'indietro e si preparò a colpire di nuovo con violenza. Come tutti i prigionieri della Fossa, aveva gli occhi completamente bianchi, e Stef capì che sarebbe stato inutile provare a parlarci. Chiunque fosse stato prima di finire lì sotto, ora era solo l'ennesimo burattino del Guardiano, destinato a ripetere gli stessi identici gesti all'infinito per espiare i propri peccati. Stef parò il fendente successivo e poi con un affondo lo trafisse dritto al cuore. Il giocatore si smaterializzò, lasciandolo con il fiato corto.

Era andata bene, ma Stef iniziava a essere stanco. Il clangore delle lame era stato assorbito dall'oscurità intorno arrivando debolissimo alle sue orecchie, e Phere, che pure era appoggiata con la schiena alla sua, non si era accorta dello scontro.

Eppure, quando parlavano fra loro le voci erano nitide.

«Sbucano dal nulla» disse Stef, «come se si teletrasportassero all'improvviso. Forse in questo posto lo Spazio non esiste».

«E nemmeno il Tempo» aggiunse Phere.

«Ha senso» mormorò lui, guardandosi intorno. «Se gli Assassini sono i giocatori che si divertono aggredendo i *villagers*, o facendo *player killing* dove non è ammesso, o *ganking*, accanendosi contro avversari di livello inferiore... be', qui sono condannati a uccidersi fra loro in eterno, imprigionati per sempre in un luogo che non conosce la luce della ragione, ma solo le tenebre della violenza...»

«Molto poetico» commentò secca Phere.

Persino le frecce nella faretra continuavano a rigenerarsi, così che potessero combattere all'infinito. Stef si passò una mano sul viso sudato nel tentativo di rimanere vigile. L'oscurità iniziava a erodere i confini della sua mente e così stava dimenticando chi fossero e perché si trovassero lì. Si chiedeva sempre più spesso quanto ancora sarebbero stati in grado di resistere e, una volta morti, in quale anello della Fossa avrebbero passato il resto della loro esistenza.

«Dove finiremo?» mormorò fra sé, sfinito.

Ripensò agli Indecisi, destinati a vagare senza alcuno scopo nel deserto. Alle bocche mostruose e fameliche dei Golosi, che venivano masticati e inghiottiti dai giganteschi animali di quel livello. Ai Nabbi che, giorno dopo giorno, affrontavano sempre le stesse prove, derisi e umiliati dagli haters. E poi c'erano i Devastatori, bruciati vivi dalle fiamme dei blaze e dei ghast, e i Ladri, ridotti a bianche statue di ghiaccio e tormentati dalle spade dei Vex. C'era Vyr, imprigionato in una cella a ripetere senza sosta il regolamento di *Minecraft*.

Lanciò un'occhiata a Phere, concentrata sull'oscurità.

Sarebbero almeno stati insieme? Perché il solo pensiero di passare il resto della vita senza di lei era già da solo una tortura.

«Dobbiamo trovare un modo di scendere» sbottò la ragazza, interrompendo i suoi tetri ragionamenti. «Trix ha detto che questo è l'ultimo anello prima del fondo, per cui deve esserci un altro precipizio, no? O una porta, una scala, un passaggio… qualcosa!»

Stef allungò la mano libera dalla spada verso quella di lei e intrecciò le dita alle sue, cercando di infondere a entrambi un po' di speranza. «Hai ragione. Dobbiamo solo cercarlo».

Si mossero lentamente, insieme, sempre schiena contro schiena, il movimento guidato dal contatto dei loro palmi. Impossibile dire da che parte stessero andando. O se si stessero davvero spostando. Per quello che ne sapeva Stef, poteva benissimo essere il pavimento a scorrere sotto i loro piedi. Il paesaggio di certo non cambiava: nero, nero e ancora nero. Di porte e scale, nemmeno l'ombra.

«Maledizione» sbottò dopo un po' Phere, lasciandosi ricadere pesantemente contro la schiena di Stef. «Non ne posso più! E se non ci fosse, un passaggio per il fondo? Se fosse questa, la fine, e il Guardiano non vivesse qui, ma, che so, in una graziosa villetta con giardino nella Città di Dite? Se fosse tutta una trappola?»

Stef le strinse la mano con più forza. Avrebbe voluto girarsi e abbracciarla, ma percepiva la presenza degli Assassini nascosti nell'oscurità, pronti ad attaccare. «Vedrai che lo troveremo».

Ripresero a camminare, il cuore che a ogni passo assorbiva un po' di quelle tenebre diventando più pesante. In silenzio, Stef considerava ogni possibile mossa di quella interminabile partita contro il Guardiano. Ormai avevano attraversato tutti gli anelli della Fossa... eppure gli sembrava lo stesso così lontano e irraggiungibile.

Di nuovo, un bagliore.

Anzi, due. Più di due. Una moltitudine.

Fu solo in quel momento che si accorse di aver perso il contatto con la schiena di Phere. Ruotò su se stesso, impugnando Cutter.

«Lasciatela!» urlò, il cuore che gli saltava nel petto.

Poco più in là, la ragazza stava combattendo contro tre Assassini, due armati di asce e il terzo di una spada. Nello scontro ravvicinato, Phere era costretta a usare la balestra come una mazza, chiaramente in svantaggio. Nonostante questo, riuscì a colpire uno dei suoi aggressori alla testa, mandandolo al tappeto. Quello si smaterializzò per poi tornare a comparire poco più in là, perfettamente guarito.

Stef si mosse subito verso Phere, ma un sibilo fendette l'oscurità e d'istinto il ragazzo cambiò direzione, buttandosi di lato. Una freccia gli passò a pochi centimetri dalla testa mentre un gruppo di Assassini si materializzava davanti a lui. Il ragazzo li osservò, valutandone con precisione la forza fisica, le armi e le protezioni. Schivò un

affondo e ne parò un altro. Un terzo lo mancò per un soffio, era miracolosamente riuscito ad abbassarsi in tempo.

L'arciere, rimasto nelle retrovie, scagliò un nuovo dardo. Stef agguantò uno degli Assassini per il bavero della giacca e lo strattonò davanti a sé, usandolo come scudo. Il giocatore si irrigidì, colpito a morte, e il suo corpo stava ancora svanendo quando una spada vi passò attraverso nel tentativo di trafiggere anche Stef. Il ragazzo saltò via, Cutter che parava un colpo dopo l'altro, il metallo che vibrava delicato, emettendo un suono simile a quello di un campanello.

«Dannazione» mormorò fra sé, esausto.

Di quel passo non sarebbe mai riuscito a raggiungere Phere. Lanciò un'occhiata verso la ragazza: adesso gli Assassini contro cui stava lottando erano quattro e la circondavano da ogni lato.

Il momento di distrazione però gli costò caro.

Un Assassino affondò la sua spada e Stef sentì una fitta di dolore al braccio lì dove la lama aveva lacerato i vestiti e la carne. Un fiotto di sangue gli scese copioso lungo il polso e il ragazzo fece scattare la mano in avanti, direzionando uno schizzo del liquido rosso in faccia al suo aggressore. L'Assassino si ritrasse, accecato, e Stef calò su di lui con Cutter. Mentre quello scompariva nel buio, altri dieci avversari si materializzarono dal nulla, pronti a lottare.

«Troppi» valutò fra sé. «Sono troppi».

Stef strinse con forza l'impugnatura della spada, il petto che faceva su e giù nel tentativo di riprendere fiato. Un'altra freccia venne scoccata e il ragazzo la colpì con la lama, ma d'un tratto si sentiva sfinito e Cutter gli sembrava davvero pesante. Con la coda dell'occhio vide un colpo d'ascia spezzare in due la balestra di Phere.

Da quanto tempo si trovavano nella Fossa, ormai?

Da quanto tempo lottavano, e lottavano, e lottavano ancora?

Non avrebbero resistito a lungo, lo sapeva, e la rabbia gli avvampò dentro come un incendio in una foresta secca. Erano arrivati fin lì e mancava così poco al loro obiettivo! Eppure sembrava proprio che fosse il Guardiano, quello destinato a vincere la battaglia.

Scosse la testa. Non poteva permetterlo.

Per Vyr, e Trix, e Cerbero. Per Phere.

«Ti prego» mormorò, senza ben sapere a chi si stesse rivolgendo, il sangue che dal polso scorreva viscoso sulle sue dita e poi giù, lungo la lama di Cutter. «Ti prego, aiutaci».

L'elsa della spada si illuminò mentre le minuscole pietre sfaccettate che ne costellavano l'impugnatura si accendevano una dopo l'altra danzando fra loro, simili a fuochi d'artificio.

Stef sgranò gli occhi a quello spettacolo.

Poi il metallo sottile della lama cominciò a scaldarsi e a vibrare, emettendo un suono cristallino che si fuse lentamente con la sua carne e le sue ossa in un'ondata di energia e forza inesprimibile.

Di fronte a lui, gli Assassini avanzavano decisi.

Stef lanciò un ultimo sguardo a Phere, che annuì.

Allora il ragazzo sollevò la spada sopra la testa e calò la lama verso il basso, fendendo l'aria con un suono armonioso e allo stesso tempo letale, come il sonaglio di un crotalo adamantino.

Per un istante, tutto rimase immobile.

«Ti prego» mormorò ancora Stef.

Un taglio di luce spaccò il mondo, disintegrando la prospettiva e la profondità di quel luogo fatto di tenebre, come la pellicola di un film che improvvisamente si squarcia rivelando lo schermo bianco sotto le immagini proiettate dalla cinepresa.

Phere saltò in avanti e agguantò Stef per mano.

Insieme, precipitarono nel fondo della Fossa.

18

Per un istante, la paura evaporò nella meraviglia.

Oltre l'anello degli Assassini, il fondo della Fossa si apriva sull'universo e Stef e Phere fluttuavano circondati da stelle e pianeti, sciami di meteoriti e lontani buchi neri. La ragazza piroettò aggraziata su se stessa, i capelli che le svolazzavano in tutte le direzioni.

«Siamo ancora vivi?» chiese.

Stef annuì cauto, cercando di sistemarsi i vestiti, che gli erano risaliti lungo il corpo. «Non è il *vero* spazio».

«Ma che cos'è successo?» continuò la ragazza.

«Cutter» rispose lui, dopo averci pensato. Avvicinò al

viso la spada, che ancora teneva stretta in mano. Il sangue sulla lama si era seccato e le piccole pietre che ne costellavano l'elsa nera sembravano ora pulsare a ritmo con il cosmo. «Credo sia in grado di tagliare lo spazio-tempo di *Minecraft* o qualcosa di simile...»

«E quindi è questo, il fondo della Fossa?»

«Immagino di sì» rispose Stef, cimentandosi a sua volta in una capriola. «Non sono più molto sicuro di niente. Guarda là!»

Un groviglio di alberi galleggiava adagio in mezzo agli astri, secco e striminzito. Le radici esposte conservavano ancora qualche zolla di terra e lunghi filamenti di alghe verdognole. Sfere bianche di codice e parole ne imperlavano i rami come gocce di rugiada.

«Sono mangrovie» mormorò Stef, seguendole con lo sguardo. Ripensò all'anello degli Indecisi e alla palude piena di slime creata dalle acque del fiume Acheronte. «Non dovrebbero essere qua...»

«E guarda quello!» esclamò Phere, stringendosi a lui.

Poco più in là, un ponte giapponese nuotava nello spazio vuoto come un serpente sul pelo dell'acqua, il legno che scricchiolava e lasciava dietro di sé una scia di schegge rosse.

I ragazzi si scansarono per farlo passare e andarono a sbattere contro qualcosa di duro.

«Non capisco» mormorò Stef, spostandosi.

Erano letteralmente finiti con le spalle al muro. Un muro enorme, di antica pietra grigia, percorreva il cosmo come un meteorite. Al ragazzo ricordò subito le gradinate dell'arena dei Nabbi. Phere si affacciò a una crepa della parete, in cerca di qualche indizio.

Stef la tirò via mentre il muro proseguiva il suo viaggio.

«Sono pezzi della Fossa» disse Phere, scostandosi i lunghi capelli rosa dal viso per meglio guardarsi intorno. «Forse quando hai usato Cutter l'hai distrutta. Come quando nei film si rompe il finestrino di un'astronave e tutto quello che c'è dentro la navicella viene risucchiato nello spazio. Forse è successa una cosa simile con la Fossa... quando hai aperto lo squarcio nell'anello degli Assassini, quello che c'era dentro è stato sputato in questa specie di universo...»

«Non lo so» rispose Stef, stringendosi nelle spalle, «ma non credo basti così poco per eliminare l'inferno». Si accigliò. «Gli alberi, il ponte, il muro... vanno tutti nella stessa direzione».

«Andiamo anche noi» propose Phere.

«E come, scusa?» disse Stef, infilando la spada nel fodero.

Mulinò le braccia e le gambe nel vuoto a dimostrazione che non sarebbero andati proprio da nessuna parte, senza forza di gravità.

«Ci serve solo… quello!» disse Phere, sorridendo.

La ragazza indicò qualcosa davanti a sé.

«Cosa…?» chiese Stef senza capire.

«Il nostro passaggio» disse Phere, prendendolo a braccetto.

L'oggetto che stava venendo loro incontro era un portone di legno intarsiato. Stef lo riconobbe subito come uno di quelli che avevano protetto le mura della Città di Dite. Mentre passava loro accanto, la ragazza lo afferrò per il gigantesco anello di ferro che faceva da battiporta e si arrampicarono sul suo dorso.

«Quasi come un tappeto volante» urlò Phere.

«Di legno» mugugnò Stef, cercando di non scivolare via, «nel bel mezzo dell'universo. Proprio la stessa cos… Ahi!»

Phere gli aveva strizzato il braccio piantandogli le unghie nella carne. Era terrea in viso e Stef seguì il suo sguardo.

«È… lui» mormorò Stef, gli occhi sbarrati.

Phere non ebbe il coraggio di dire nulla.

Il Guardiano era apparso davanti a loro, la sua gigantesca figura resa quasi invisibile dalla pelle nera e lucida che rifletteva le stelle e i pianeti in uno strano gioco di luce e tenebre. Se ne stava seduto nella posizione del loto su un ammasso ribollente di materia, le centinaia di occhi che gli coprivano la testa intenti a osservare ogni cosa.

Stef deglutì, sentendosi al cospetto di una divinità.

In cima alla testa, il Guardiano aveva un affilato palco di corna argentate, ramificate e lunghe come interi fiumi.

Catene gli pendevano dal collo, le spalle e le braccia, fluttuando nello spazio. Erano lattee, formate da parole guizzanti,

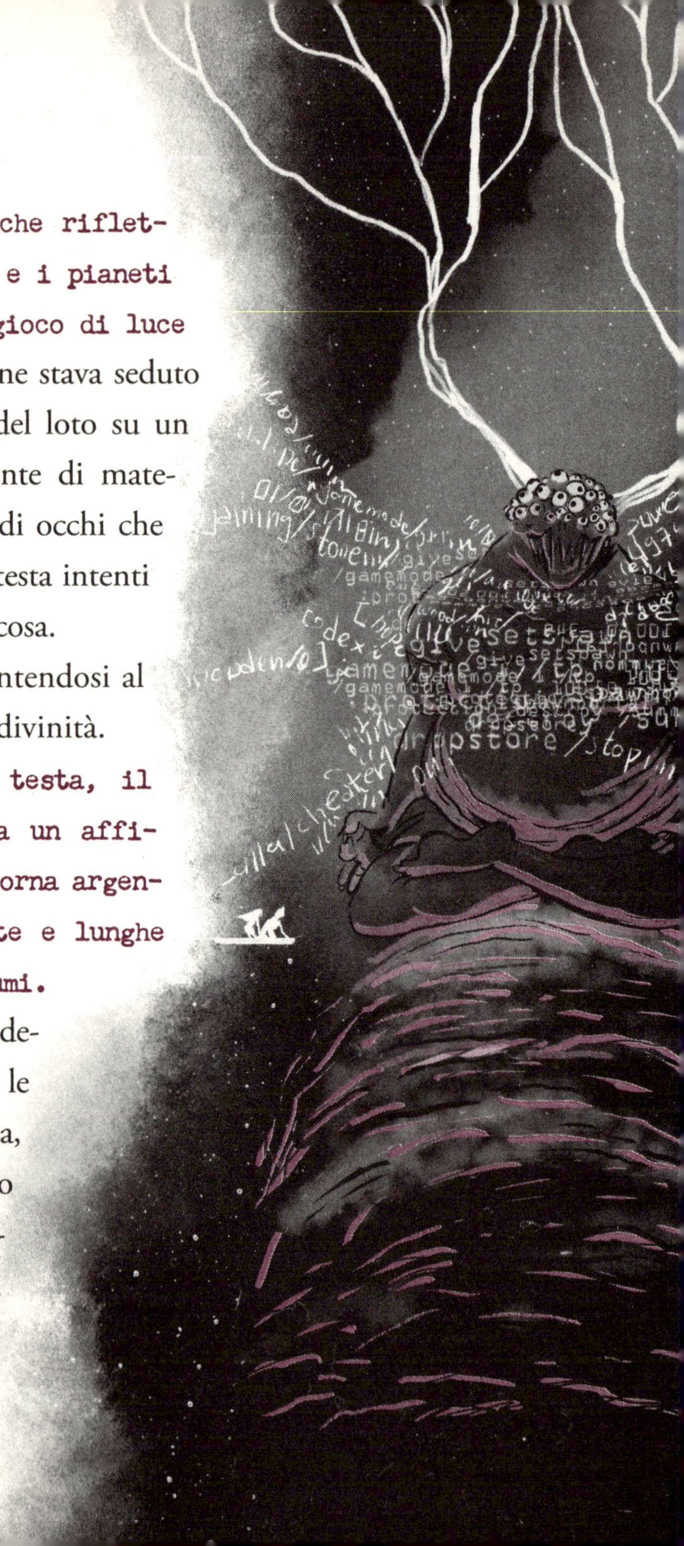

come quelle che avevano legato Vyr alla sua cella, ma più grandi e… spezzate.

Stef spalancò la bocca. Ora era finalmente chiaro!

«Ecco come fa a essere così forte, e invisibile, e in più posti allo stesso tempo» mormorò, ripensando a tutte le volte che nella Fossa si era sentito osservato. «Si è liberato di ogni regola! Ma non solo…» Alcune catene infatti uscivano dal costato del Guardiano, intrecciate con la sua pelle. «Ormai *è* le regole di *Minecraft*».

In quel momento l'essere fissò i suoi molteplici occhi su di loro e anche se era privo di labbra con cui parlare, la sua voce, profonda e spettrale, esplose nella mente dei ragazzi come un tuono nel cuore della notte, creandosi un varco in mezzo ai loro pensieri.

'Voi avete ferito il mio mondo' disse.

D'istinto, Stef e Phere si protessero le orecchie con le mani, il respiro bloccato in gola.

Il silenzio che ne seguì fu irreale.

«L'hai sentito anche tu?» bisbigliò Phere.

Stef annuì, pallido in viso. «È telepatico».

Il Guardiano sollevò lentamente un braccio verso l'alto e ai ragazzi parve di assistere allo smottamento di una montagna. L'essere indicò un punto al di sopra della sua enorme testa cornuta, dove l'universo era attraversato da un taglio di pura oscurità. Stef sgranò gli occhi: quello doveva essere lo squarcio creato da Cutter all'anello degli Assassini. Ma era lungo almeno come cinque campi da calcio! Trix non scherzava quando aveva detto che quella spada leggendaria era in grado di combattere ad armi pari con il Guardiano.

La voce della creatura invase le loro menti.

'Voi ferite. Io guarisco' disse, afferrando il ponte giapponese e il pezzo di muro che era stato parte dell'arena dei Nabbi.

Nelle sue mani, quegli oggetti così grandi sembravano minuscoli, e Stef e Phere osservarono con stupore le dita della creatura stringerli con delicatezza e con incredibile agilità spremere il legno e la pietra fino a cavarne l'essenza. Bianchi filamenti di codice grezzo fluttuarono verso lo squarcio creato da Cutter e, come filo che ripari uno strappo nella stoffa, ricucirono velocemente un tratto di cielo.

'Io guarisco' ripeté il Guardiano. 'Io proteggo'.

«Allora perché hai creato la Fossa?» sbottò Phere, facendo trasalire Stef. «E perché attacchi e rapisci i giocatori!»

Il Guardiano rivolse di nuovo il suo sguardo su di loro, e Stef rabbrividì. Ora si sentiva osservato da centinaia di creature ostili.

'Perché i giocatori distruggono il mio mondo'.

«Il tuo… mondo? *Minecraft*?» chiese Phere, perplessa.

Il Guardiano allargò le braccia a ricomprendere il vasto universo che li circondava. '*Minecraft* è la mia casa e io la difendo'.

«Ma *Minecraft* per noi è un gioco» gli spiegò Stef, che cominciava a capire la creatura. «Non è davvero reale! Per questo le persone fanno quello che fanno…» La voce gli si affievolì.

Il Guardiano sembrò sporgersi verso di loro, eclissando la luce di una stella. Centinaia di palpebre calarono e si alzarono.

'Bruciano. Devastano. Uccidono'.

«Io, be'… sì, esatto» disse Stef.

«Perché non è reale» s'inserì Phere. A forza di stringere i pugni le nocche le erano diventate bianche. «E comunque nessuna ragione al mondo ti autorizza a rapire e torturare le persone!»

'La Fossa è la mia giustizia'.

«Vendetta, vorrai dire» ribatté Stef.

Il Guardiano inclinò la testa verso l'alto, ignorando le loro parole. Lo squarcio creato da Cutter ormai era quasi completamente richiuso e la creatura si sporse per afferrare alcuni detriti che gli fluttuavano intorno: una panchina di legno del giardino di Annika, il tetto della casa di marzapane di Cerbero, una vecchia zattera che aveva visto tempi migliori, ma anche una stella e una manciata di meteoriti.

«E adesso cosa fa?» chiese Phere. «Non mi piace».

«Neanche a me» ribatté Stef, portando lentamente la mano sull'elsa di Cutter, che era ancora infilata nel suo fodero, nella tracolla dietro la schiena del ragazzo. «Tieniti pronta».

Phere annuì, puntellando i piedi contro il legno della porta.

Come già aveva fatto con il ponte giapponese e il muro dell'arena, il Guardiano schiacciò fra i palmi delle mani quanto aveva raccolto, trasformando la materia in codice. **Il liquido bianco stavolta formò una grande sfera. Poi, con velocità inaspettata viste le sue dimensioni, il Guardiano la scagliò via come una palla da baseball.**

Stef e Phere non ebbero il tempo di reagire.

La sfera li travolse, imprigionandoli al suo interno.

19

Stef trattenne il fiato e chiuse gli occhi mentre attraversava il liquido bianco e appiccicoso della sfera. Era freddo, e pungente, ma la sensazione durò solo un attimo e quello successivo si ritrovò di nuovo all'asciutto. A quanto pareva non sarebbero morti soffocati.

«Wow» mormorò Phere, al suo fianco.

Stef riaprì gli occhi. La sfera in realtà era un guscio vuoto e al suo interno nugoli di parole svolazzavano in tutte le direzioni come lucciole intrappolate in un barattolo. Ne scacciò una troppo vicina.

«'Squalo'» lesse, deglutendo, «'polvere da sparo', 'lava'…»

«Sono bellissime» disse Phere, allungando una mano.

«Non credo sia una buona idea» protestò Stef.

La parola 'giardino' però si depose delicatamente sul palmo di lei. A quel contatto, la pelle della ragazza vibrò, mutando di colore e trasformandosi in un soffice prato, l'erba alta solo pochi millimetri. Subito dopo minuscoli fiori colorati le sbocciarono fra le dita.

«Ben fatto, davvero» disse secco Stef.

In risposta Phere agitò il braccio e la parola riprese il volo. I fiori cominciarono subito ad appassire e l'erba a ritrarsi. Con un sospiro un po' triste, la ragazza mostrò di nuovo la mano a Stef.

«Visto? È tornata normale» gli disse.

«Sembra quasi che la cosa ti dispiaccia» borbottò Stef, schivando la parola 'oceano' che cercava di appoggiarsi alla sua spalla. «È dannatamente pericoloso! Siamo circondati da parole ostili!»

«Lui, piuttosto, è ostile» ribatté Phere, indicando sopra le loro teste.

Solo allora Stef notò che, attraverso la superficie bianca e liquida della sfera, riusciva a intravedere la sagoma del Guardiano e le sue centinaia di occhi. In qualche modo l'essere aveva attirato di nuovo la bolla di codice verso di sé e adesso le sue gigantesche mani li circondavano come sbarre di una gabbia. Un nodo gli serrò la gola.

Il Guardiano sfiorò la sfera con un dito.

Stef agguantò subito l'elsa di Cutter ma la bolla di codice ruotò bruscamente su se stessa e Phere gli finì addosso. Tutt'intorno le parole cominciarono a scontrarsi fra loro alla velocità di proiettili sparati da una mitragliatrice, e ogni volta che collidevano le lettere diventavano materia solida. La superficie stessa della sfera si increspò, poi cominciò a cambiare forma e colore, creando un paesaggio.

D'un tratto i corpi dei ragazzi ripresero peso.

«Cosa...?» cominciò Stef, poi una folata di vento caldo gli spinse in faccia la maglietta, coprendogli completamente la visuale.

E come se non vedere più niente non bastasse, Phere aveva iniziato a urlargli terrorizzata in un orecchio, assordandolo.

Quando con uno strattone si liberò il viso dalla stoffa, il sangue gli defluì via dalle vene. Ora capiva perché l'aria era rovente.

Stavano precipitando verso la fine.

Il ragazzo deglutì. Sotto di loro si apriva la bocca di un vulcano.

Stef ripensò alla parola 'lava'. In qualche modo la sfera era servita al Guardiano per creare una nuova dimensione di gioco, apposta per loro. Un mondo in cui sarebbero morti abbrustoliti.

«La spada! La spada! La spada!» continuava a urlargli Phere nell'orecchio, arpionata alla sua spalla. «Usa. La. Spada!»

Stef impugnò Cutter con due mani: se davvero la sua teoria era giusta, e la spada era in grado di tagliare lo spazio-tempo di *Minecraft*, allora forse potevano usarla per fuggire da quel mondo.

Alzò la lama e la calò con forza.

Phere gli strizzò la spalla. «Che stai facendo?!»

Stef sbatté le palpebre un paio di volte. Non era successo niente: nessuno squarcio nel tessuto dell'universo, nessun ribaltamento di prospettiva. Poi il vento gli buttò di nuovo in faccia la maglietta.

Il ragazzo ruggì di frustrazione e se ne liberò.

Un fiotto di aria bollente li investì mentre entravano nella bocca del vulcano. La lava ribolliva sul fondo, pronta a incenerirli.

«Riprova» urlò Phere, unendo le mani alle sue.

Stef allora serrò le palpebre, ripensando a quando aveva

attivato il potere di Cutter per la prima volta, nell'anello degli Assassini. Era stato spaventato, proprio come in quel momento, ma non solo.

«Ero arrabbiato» mormorò fra sé.

Arrabbiato perché erano arrivati a un passo dal loro obiettivo e stavano per essere uccisi, certo, ma… non solo. Era infuriato perché dopo Vyr, Trix e Cerbero, stava per perdere anche Phere.

Stef spalancò gli occhi e lei era lì, al suo fianco.

«Non posso permetterlo» le disse.

«Cosa?» gli urlò lei.

«Che tu muoia» rispose Stef.

La ragazza sogghignò, negli occhi una fiamma che il ragazzo conosceva bene. «Facciamolo, insieme!» ribatté lei.

Sollevarono la spada all'unisono, le mani intrecciate in un'unica presa, e le minuscole pietre sull'impugnatura di Cutter si accesero come stelle. La lama si scaldò, ruggendo come un drago.

Solo pochi metri li separavano dalla lava.

«Adesso!» ruggì Stef.

«Ora!» urlò Phere nello stesso istante.

La spada squarciò l'aria, potente e feroce.

Sotto di loro, la lava si sollevò in due enormi onde, la terra scolorì e il vulcano si sfibrò in lunghi filamenti bianchi di codice. Nel mezzo Stef intravide di nuovo le stelle e i pianeti, poi le dita ragnesche del Guardiano ricompattarono i fili, tessendo un nuovo mondo.

Acqua fredda e nera li travolse da ogni parte.

Stef perse la presa su Cutter e insieme alla spada fu separato anche dalla mano di Phere. Le correnti lo trascinarono via e l'aria gli uscì dai polmoni in un fiotto di bollicine, lasciando campo libero al panico. Di nuovo ripensò alle parole viste nella sfera.

'Oceano' aveva letto. 'Squalo'.

Il petto gli bruciava e il bisogno di respirare gli risalì lungo la trachea in una fitta dolorosa. Dovette lottare con tutto se stesso per non aprire la bocca. Diede invece un colpo di braccia cercando di orientarsi nell'oscurità. Sapeva che per trovare la superficie doveva seguire le bolle d'aria, che si dirigono sempre verso il cielo. Strinse gli occhi, la vista che cominciava ad annebbiarsi. La mente pure.

Si trovava troppo in profondità per vedere la luce del sole, se davvero quel mondo aveva un sole. E aria. Solo di una cosa era davvero certo: presto sarebbe morto annegato. O peggio.

Stef si voltò di scatto. Una lunga sagoma nera si aggirava

al margine del suo campo visivo, sfruttando le correnti per muoversi, silenziosa e letale. Sussultò mentre l'essere si spostava in cerchi concentrici sempre più piccoli e vicini a lui. Nella sfera di codice la parola 'squalo' doveva essersi fusa con 'gigante' per dar vita a quella cosa.

Probabilmente anche con 'miliardi di denti'.

Si sfilò lo zaino di Vyr: aveva bisogno di un tridente.

La vista però gli era ormai diventata sfocata e non sentiva più le mani per via del freddo. Gli tornarono in mente le cicatrici di Fortune e le statue di ghiaccio nell'anello dei Ladri. Scosse la testa nel tentativo di ritornare lucido ma era tardi. Le dita gli cedettero e lo zaino scivolò via, verso le profondità di quell'abisso senza fondo.

Lo squalo virò bruscamente nella sua direzione.

Aveva solo aspettato che fosse completamente indifeso.

Un altro potente colpo della pinna e lo avrebbe raggiunto.

Stef incrociò le braccia davanti a sé, cercando in qualche modo di proteggersi il corpo, ma anche se non fosse stato lo squalo, a ucciderlo, presto avrebbe ceduto alla necessità dolorosa di respirare. E allora i suoi polmoni si sarebbero riempiti d'acqua.

La pinna fendette l'oceano.

Era la fine, ne fu certo.

Una sagoma piccola e affusolata gli si parò davanti, morbidi capelli rosa gli accarezzarono il viso. Stordito dalla mancanza d'ossigeno, pensò si trattasse di una sirena. Invece era Phere.

La ragazza gli spinse l'elsa di Cutter fra le mani.

La lama, arroventata, creava sibilanti fiotti di vapore.

Lo squalo spalancò le fauci ma il fendente lo attraversò quasi fosse stato di carta velina. Come era già successo per il vulcano, il blu intenso delle correnti oceaniche sbiadì in lunghi filamenti bianchi di codice. Solo che, oltre quella dimensione di gioco, il Guardiano già si apprestava a intrecciarli in un nuovo mondo mortale.

Stavolta però Stef e Phere erano pronti.

Alzarono la spada e la calarono ancora e ancora, squarciando la sfera in pezzi sempre più piccoli e difficili da ricomporre, la materia che collassava su se stessa. Il codice formò la testa di un ravager e i ragazzi la colpirono prima che potesse assumere le sue sembianze complete, e continuarono finché la bolla non esplose.

Le stelle e i pianeti tornarono a brillare intorno a loro. Le mani del Guardiano li circondavano, tenendoli ingabbiati all'altezza del suo cuore. Stef pensò che dovevano apparire piccolissimi al cospetto di quella figura gigantesca, eppure, adesso, non aveva più paura.

Lanciò uno sguardo a Phere al suo fianco.

Le loro dita erano intrecciate sull'elsa di Cutter.

Quello che stavano per fare avrebbe posto fine a tutto. Compresi loro stessi. Ciononostante la presa di entrambi si fece più salda.

Con un urlo di rabbia i due ragazzi sollevarono all'unisono la spada e calarono il colpo in tutta la sua potenza, aprendo uno squarcio nel petto del Guardiano. L'essere si ritrasse con un grido stridulo mentre stelle e pianeti venivano risucchiati dal taglio nel suo corpo come da un buco nero. L'universo stesso cominciò a sfaldarsi in filamenti bianchi, rivelando tutto intorno a sé gli anelli della Fossa.

E ognuno veniva così cancellato per sempre.

Prima fu il turno dell'oscurità del livello degli Assassini, poi toccò al paesaggio ghiacciato in cui erano stati tormentati i Ladri, le segrete dei Cheaters, la gabbia dorata della Città di Dite, le foreste in fiamme in cui avevano trovato la loro fine i Devastatori, gli spalti pieni di haters che avevano deriso i Nabbi, il paradiso dei Golosi, il deserto degli Indecisi, la selva inospitale e oscura in cui tutto era iniziato.

E poi non rimase più niente.

Solo Stef e Phere. E poi, nemmeno più loro.

GAME OVER

→

EPILOGO

Stef si sfilò le cuffie dalla testa e si abbandonò pesantemente contro lo schienale della sua poltrona da *gaming*. Doveva ammettere che sul finale aveva trattenuto il respiro. Da sopra il suo monitor, che ora trasmetteva una schermata nera con al centro la scritta lampeggiante del GAME OVER, lanciò uno sguardo a Phere, di fronte a lui.

«È stata davvero dura» disse, sistemandosi gli occhiali.

«Ma ce l'abbiamo fatta» rispose lei, allungando una mano fra le due postazioni computer fino a raggiungere quella del ragazzo, ancora appoggiata sopra il mouse. «Ed è stato uno scontro E-PI-CO!»

Stef aggrottò la fronte. «In effetti. Solo che, non so…»

«Abbiamo sconfitto il Guardiano!» lo interruppe lei, alzandosi in piedi per stiracchiarsi. «E nessuno finirà più imprigionato nella Fossa. L'abbiamo distrutta! Cosa vuoi di più?!»

«Be', ecco, credi che Vyr e Trix...»

Lo smartphone appoggiato sul tavolo vibrò una volta, poi vibrò ancora e Phere si affrettò a prenderlo. Il sorriso che le illuminava il viso si allargò ancora mentre scorreva le notifiche.

«Che succede?» chiese Stef, curioso.

Phere allora gli mostrò lo schermo del cellulare.

Il cuore del ragazzo ebbe un sussulto mentre leggeva.

Vuoi unirti alla chat
'I Guardiani di Minecraft'
creata da Vyr e Trix?

ACCETTA | RIFIUTA

«Che dici?» esclamò lei, gli occhi che brillavano.

Stef cercò di rimanere serio, ma proprio non ci riuscì e scoppiò a ridere. «Che adesso il finale è davvero perfetto».

INDICE

TIMEPORT L'OCCHIO DEL TEMPO

Camilla e Thomas l'hanno fatta grossa. Con l'aiuto di Jacopo, fratello di Camilla e studente dell'Accademia alla Stazione Temporale, si sono intrufolati nella sede della Timeport – la multinazionale che ha fatto del viaggio nel tempo un business senza precedenti – per viaggiare nei secoli e godersi dal vivo una vera battaglia navale. Quando vengono scoperti, la punizione è dura: passare tutta l'estate in un collegio americano degli anni Trenta, dove vigono regole ferree sull'educazione e sulla disciplina. Mentre stanno per attraversare il tunnel temporale, però, una misteriosa esplosione manda il portale in frantumi. Qualcosa è andato storto. Camilla, Thomas e i loro compagni di punizione si ritrovano così in una dimensione parallela, del tutto diversa dal mondo che conoscono; una dimensione dove tempo e spazio hanno seguito un corso differente e dove la sopravvivenza non è più qualcosa di scontato.

RINASCITA TIMEPORT

Viaggiare nel tempo non è un gioco da ragazzi. Dopo essere precipitati in una dimensione parallela, in cui i dinosauri non si sono estinti e convivono con gli umani, Camilla e Thomas provano a tornare a casa. In questo disperato tentativo qualcosa non funziona e i due vengono catapultati nell'epoca dei Pirati, padroni incontrastati dei mari. Ancora una volta, però, la Storia è diversa da come l'hanno studiata nei libri. In questo nuovo mondo, tra galeoni e casse di rum, imperversa la costante minaccia dei Rinati, creature non-morte con un solo obiettivo: nutrirsi dei sopravvissuti. Ma i ragazzi non sono soli. Hanno molti amici ad aiutarli, in questo mondo e in quello reale, dove sembra che qualcosa – che credevano distrutto – continui a tramare nell'ombra.

BLACKOUT
L'ULTIMO MONDO

Tornare a casa è il regalo più bello che Thomas, Camilla e i loro amici potessero ricevere: dopo due anni e mezzo di avventure incredibili, la nostalgia si fa sentire con forza. Il mondo che li aspetta, però, non è più lo stesso, e i ragazzi se ne accorgono presto. Dove prima c'era rumore, ora regna il silenzio. Dove prima c'era il caos, ora vige un ordine perfetto. I sentimenti e le personalità sono spariti, per lasciare spazio a una fredda e artificiale cortesia. Tutta la popolazione è schiava di un nuovo dispositivo elettronico, delle lenti a contatto per la realtà aumentata, accessori super tecnologici in grado di regolare la società sulla base della gentilezza espressa. Camilla, Thomas e i loro compagni hanno una sola certezza: dietro a questa nuova organizzazione mondiale ci sono Rask e la Timeport. La battaglia finale per la riconquista della libertà ha inizio.

IL LIBRO DELLE MERAVIGLIE

Due ragazzi, in un futuro lontano, trovano un vecchio libro. Le sue pagine raccontano di un mondo diverso, dove la natura è ancora presente e 'viva' nonostante sia gravemente minacciata. Quel mondo altro non è che il nostro, quello del Ventunesimo secolo. Grazie a questo libro, i ragazzi scopriranno con gioia e malinconia le bellezze che animavano il loro passato sulla Terra: laghi, fiumi, foreste, grandi e piccoli animali... Ma non tutto è perduto! Perché mettendo i loro antenati (noi!) al corrente del pericolo, forse riusciranno a salvare le più grandi meraviglie del pianeta.

Questo libro è stampato col sole

Azienda carbon-free

Printed in Italy
Finito di stampare
nel mese di febbraio 2022
per conto della Adriano Salani Editore s.u.r.l.
da Grafica Veneta S.p.A. di Trebaseleghe (PD)
Printed in Italy

SELVA OSCURA
ANELLO DEGLI INDECISI
ANELLO DEI GOLOSI
ANELLO DEI NABBI
CITTÀ DI DITE